KB172895

가는길

TO THE WEDDING

결혼식 가는 길

존 버거 소설

김현우 옮김

열화당

한 줌 눈이면 훌륭하지
여름의 열기에 힘들어하는 남자의 입에는
봄바람이면 훌륭하지
항해에 나서려는 선원들에게는
홑겹 이불 하나면 그 무엇보다 훌륭하지
침대에 누운 두 연인에게는

상황이 맞을 때면 오래된 시구를 인용하는 것을 좋아한다. 나는 들
은 것은 거의 기억하고, 온종일 귀를 기울이지만, 가끔은 그 모든
것을 조리있게 하나로 맞춰낼 방법을 알 수 없다. 그럴 때면 나는
진실한 울림이 있는 듯한 단어나 구절에 매달린다.

　한 세기 전에는 습지였지만 지금은 시장이 열리는 플라카 주변
구역에서, 사람들은 나를 초바나코스라고 부른다. 양치기라는 뜻이
다. 산에서 온 사람. 내가 그런 별명을 얻은 것은 노래 한 곡 때문이

었다.

매일 아침 시장에 나가기 전에 나는 검은색 구두에 광을 내고 카우보이 모자에 묻은 먼지를 떨어낸다. 도시에는 먼지와 오염물질이 많고, 햇빛 때문에 그것들은 더 나빠 보인다. 나는 넥타이도 맨다. 제일 좋아하는 넥타이는 화려한 파란색과 흰색이 섞인 것이다. 맹인은 절대 외모에 무심하면 안 된다. 엉뚱한 결론을 내리는 사람들이 생기기 때문이다. 나는 보석상처럼 옷을 입고, 시장에서 타마타〔tamata, 그리스 정교에서 누군가에게 기적이나 도움이 필요할 때, 기도와 함께 교회에 바치는 편액(扁額)—옮긴이〕를 판다.

타마타는 손으로 만져서 그 위의 형상을 구분할 수 있기 때문에 맹인이 팔기에 적합한 물건이다. 양철로 만든 것도 있고, 은이나, 아주 가끔은 금으로 만든 것도 있다. 리넨처럼 얇고 크기는 신용카드만 하다. '타마(tama, 타마타의 단수형—옮긴이)'는 '맹세를 하다'라는 뜻의 동사 '타조(tázo)'에서 유래했다. 맹세의 대가로 사람들은 하느님의 축복이나 구원을 기대한다. 입대를 앞둔 젊은이들은 칼이 찍힌 타마를 사는데, 이는 '제대할 때까지 다치지 않게 해 주십시오'라는 바람을 표현하는 것이다.

혹은 누군가에게 나쁜 일이 생길 수도 있다. 병일 수도 있고 사고일 수도 있다. 위기에 처한 이를 사랑하는 사람들이 하느님 앞에서, 착한 일을 할 테니 사랑하는 사람을 회복시켜 달라고 맹세를 한다. 세상에서 혼자인 사람이라면, 자신을 위해서도 그렇게 할 수 있다.

손님들은 기도를 하러 가기 전에 내게서 타마를 사서, 구멍에 끈을 끼운 다음 교회의 성상 옆 난간에 묶는다. 그렇게 하면서 하느님께서 자신들의 기도를 잊지 않기를 희망한다.

무른 금속으로 만든 타마에는 위기에 처한 사람들의 몸의 일부 형상이 찍혀 있다. 팔이나 다리, 배나 가슴, 혹은 나의 경우에는, 양쪽 눈이다. 한번은 개가 찍힌 타마를 판 적도 있었는데, 신부님이 항의를 하며 그건 신성모독이라고 하셨다. 그는 아무것도 이해하지 못한다. 이 신부님은 평생 아테네에서만 지내신 분이라, 산에서는 개 한 마리가 한쪽 팔보다 더 중요하고, 훨씬 더 유용하다는 것을 모르신다. 당나귀를 잃는 일이 한쪽 다리를 못 쓰게 되는 일보다 훨씬 더 나쁠 수도 있다는 걸 신부님은 상상할 수 없다. 내가 복음서 구절을 인용했다. 까마귀를 한번 생각해 보시라고, 씨앗을 뿌리거나 수확하지 않고, 창고나 헛간을 가지고 있지도 않지만, 그래도 하느님은 그들을 먹이셨다고…. 그렇게 이야기하자, 신부님은 수염을 쓰다듬으며 마치 악마를 대하듯 내게 등을 돌리셨다.

남자와 여자 들이 뭘 필요로 하는지는 신부들보다 부주키 연주자들이 더 잘 안다.

눈이 멀기 전에 내가 뭘 했는지는, 말하지 않겠다. 만일 여러분이 세 가지쯤 짐작했다면, 모두 틀렸다.

이야기는 지난 부활절부터 시작한다. 일요일. 오전이었고 공기 중에는 커피 냄새가 떠다녔다. 해가 있을 때면 커피 냄새는 멀리까지 퍼진다. 어떤 남자가 자신의 딸에게 줄 만한 것이 있느냐고 물었다. 그는 더듬더듬 영어로 말했다.

아기인가요? 내가 물었다.

이제 여인입니다.

따님은 어디가 아픈가요? 내가 물었다.

전부 다요, 그가 말했다.

그렇다면 심장이 적당할까요? 잠시 후, 나는 그렇게 제안하며 손끝으로 좌판 위의 타마 하나를 찾아서 그에게 내밀었다.

양철로 만든 건가요? 억양을 봐서는 프랑스 혹은 이탈리아 사람일 거라고 생각했다. 나이는 내 또래, 혹은 조금 더 많을 것 같았다.

원하시면 금으로 된 것도 있습니다, 내가 프랑스어로 말했다.

이 아이는 회복할 수가 없어요, 그가 대답했다.

선생님이 하시는 맹세가 가장 중요합니다. 가끔은, 할 수 있는 일이 그것밖에 없을 때도 있지요.

저는 철도원입니다, 그가 말했다, 주술사가 아니라. 제일 싼 걸로 주세요, 양철로.

그가 주머니에서 지갑을 꺼내느라 옷감이 스치는 소리가 들렸다. 가죽 바지에 가죽 재킷이었다.

하느님께는 양철이나 금이나 차이가 없겠죠, 그렇지요?

여기까지 오토바이 타고 오셨나요?

딸아이와 함께 나룻를 걸려서 왔습니다. 어제는 포세이돈 사원도 봤어요.

수니온에 있는 거요?

선생님도 보셨습니까? 가 보셨어요? 아, 죄송합니다.

나는 손가락으로 선글라스를 만지작거리며 말했다. 이렇게 되기 전에 그 사원도 봤습니다.

양철 심장은 얼마지요?

그리스 사람들과 달리, 그는 가격 흥정 없이 돈을 냈다.

따님 이름이 어떻게 될까요?

니농.

니농?

NINON. 그는 알파벳을 한 자 한 자 불러 주었다.

따님 생각을 하겠습니다, 내가 돈을 챙겨 넣으며 말했다. 그 말을 하는 동안, 갑자기 목소리가 들렸다. 그의 딸은 시장의 다른 곳을 구경하고 있었고, 이제 내 옆에 다가와 있었다.

새 샌들이에요, 보세요! 수제품이에요. 아무도 방금 산 물건이라고 생각하지 않을 거예요. 아주 오랫동안 신고 다녔던 것 같아요. 어쩌면 결혼식 때 신으려고 산 건지도 몰라요. 열리지 않았던 그 결혼식이요.

발가락 사이에 끈이 아프지 않니? 철도원이 물었다.

지노도 좋아했을 거예요, 그녀가 말했다. 좋은 샌들을 알아보는 사람이니까.

발목에 감긴 끈이 아주 예쁘구나.

깨진 유리 위를 걸을 때도 안전해요, 그녀가 말했다.

잠깐 보자, 그렇지, 가죽도 아주 좋고 부드럽구나.

기억나요, 아빠? 어릴 때 샤워를 하고 나면 몸을 말려 주셨잖아요. 제가 아빠 무릎 위에 수건을 놓고 앉으면 발가락 하나하나가 까치라고 이야기해 주셨잖아요. 까치들이 이것도 훔치고, 저것도 훔치고, 날아가 버렸다고….

그녀는 시원시원하게 또박또박 말했다. 어떤 음절도 얼버무리거나 불필요하게 끌지 않았다.

목소리, 소리, 냄새 같은 것들이 이제 내 귀에 선물을 전해 준다. 나는 귀를 기울이고, 공기를 들이켜고, 그다음엔 마치 꿈속에서처럼 지켜본다. 그녀의 목소리에 귀를 기울이는 동안 나는 접시 위에 정성껏 담은 멜론 조각을 보았고, 만일 니농의 목소리를 다시 듣게 된다면 즉시 알아차릴 것임을 직감했다.

몇 주가 지났다. 사람들 틈에서 누군가 프랑스어를 말하는 게 들릴 때, 심장이 새겨진 타마를 팔 때, 신호등에서 멀어지는 오토바이의 바퀴 소리를 들을 때, 가끔씩 그럴 때마다 철도원과 그의 딸 니농이 생각났다. 두 사람은 스쳐 갔고, 절대 머무르지 않았다. 그러던 어느 날 밤, 유월이 시작될 무렵, 무언가 달라졌다.

저녁이면 나는 플라카에서 집까지 걸어서 돌아온다. 맹인이 되고 나서 생긴 효과라면, 시간에 대한 특별한 감각을 지니게 된다는 것이다. 시계는 쓸모없어진다(나도 가끔은 시계를 팔기도 하지만). 시계가 없어도 나는 시간을 분 단위까지 알 수 있다. 집으로 돌아오는 길에는 열 명의 사람을 정기적으로 지나치며 그들과 몇 마디 나눈다. 그들에게 나는 시간을 알려 주는 사람이다. 일 년 전부터 그 열 명 중에는 코스타스도 포함되어 있다. 하지만 그와 나의 관계는 또 다른 이야기이고, 아직은 말할 수 없다.

내 방의 책장에는 타마타와 신발 여러 켤레, 유리 물병과 잔들,

대리석 조각들, 산호와 소라 껍데기 몇 개가 있고, 맨 위 칸에는 바을라마(bağlama, 터키의 민속 현악기—옮긴이)가 있으며(악기를 내리는 일은 좀처럼 없다), 피스타치오가 든 유리병, 액자에 든 사진 몇 장(그렇다), 식물 화분들이 있다. 히비스커스, 베고니아, 아스포델, 장미 화분. 매일 저녁 녀석들 상태가 어떤지, 새로운 꽃봉오리가 몇 개나 나왔는지 확인한다.

한잔하고 씻은 다음, 나는 기차를 타고 피레우스로 가는 걸 좋아한다. 부두를 따라 걸으며 어떤 큰 배들이 정박하고 있는지, 그날 밤에는 어떤 배들이 떠나는지 종종 물어보기도 하고, 그런 다음 친구 야니와 저녁을 보낸다. 요즘 그는 작은 술집을 하고 있다.

눈앞의 광경은 늘 거기에 있다. 그래서 눈이 피곤한 것이다. 하지만 목소리는 (말과 관련한 것들이 모두 그렇듯) 멀리서 다가온다. 나는 야니의 술집에 서서 노인의 말에 귀를 기울인다.

야니는 우리 아버지 또래다. 그는 렘베티카(rembetica, 그리스 도시 지역의 전통 음악—옮긴이)의 부주키 연주자였다. 팬들도 상당히 있었고, 전쟁 후에는 위대한 마르코스 밤바카리스와 함께 연주하기도 했다. 요즘은 오래된 친구들이 부탁할 때만 여섯 줄짜리 부주키를 집어 든다. 거의 밤마다 친구들이 부탁을 하고, 그는 모든 노래를 잊지 않고 있다. 그는 등나무 의자에 앉아 왼손 넷째 손가락과 새끼손가락 사이에 담배를 끼운 채, 부주키 목을 쥔다. 그의 연주에 맞춰 내가 춤을 출 때도 있다.

렘베티카에 맞춰 춤을 출 때면 음악이 만들어내는 원 안으로 걸어 들어가고, 음악의 리듬은 울타리가 있는 동그란 우리가 된다. 거기서 당신은 한때 그 노래를 살았던 남자 혹은 여자를 앞에 두고 춤을 춘다. 춤을 통해 당신은 음악이 뿜어내는 그들의 슬픔에 경의를 표한다.

마당에서 죽음을 몰아내야지
그래서 내가 죽음을 마주치지 않게.
벽에 걸린 시계가
장례식의 만가를 이끄네.

매일 밤 렘베티카를 듣는 일은 문신을 새기는 것과 비슷하다.

*

어이 친구, 야니가 라키 두 잔을 마신 후에 말했다, 왜 그 사람과 함께 살지 않지?

그 사람은 장님이 아니라니까요, 내가 말했다.

매일 그 소리지, 그가 말했다.

나는 술집을 나와 수블라키를 사서 한쪽 구석에서 먹었다. 잠시후, 종종 그러듯이, 야니의 손자 바실리에게 의자를 좀 갖다 달라고 해서 가로수 건너편의 좁은 골목 아래쪽에 자리를 잡았다. 거기는 침묵의 골이 깊어지는 곳이다. 내 뒤는 서쪽을 향한 막힌 벽이었고, 낮 동안 벽이 품고 있던 온기가 느껴졌다.

멀리서 야니가 렘베티카를 연주하는 소리가 들렸다. 내가 좋아하는 곡임을 그도 알고 있었다.

너의 눈이, 어린 누이야,
내 마음을 가르네.

무슨 이유에선가 나는 술집으로 돌아가지 않았다. 벽을 등지고 등

12

나무 의자에 앉아 지팡이를 다리 사이에 끼우고 기다렸다. 사람들이 천천히 일어나 춤을 추기 전에 잠시 기다리는 것처럼. 렘베티카 한 곡이 끝나고, 내 짐작에는, 그 음악에 맞춰 춤추는 사람은 없었다.

나는 거기 앉았다. 배에 짐을 싣는 크레인 소리가 들렸다. 크레인은 밤새 짐을 싣는다. 잠시 후 완전히 고요한 목소리가 말을 했고, 나는 철도원의 목소리를 알아차렸다.

페데리코, 그가 말한다. 잘 지내시죠? 목소리 들으니 좋네요, 페데리코. 그래요, 내일 아침에 출발합니다. 몇 시간 후에요. 화요일이면 뵐 수 있겠네요. 잊으시면 안 됩니다, 페데리코. 샴페인 값은 제가 냅니다, 제가 낸다고요. 그러니 서너 상자 주문해 놓으세요! 어떻게 생각하시든 니농은 하나뿐인 내 딸이니까요. 그 아이가 결혼하는 거 아닙니까. 그럼요, 당연하죠.

철도원은 프랑스 쪽 알프스 산맥의 모단에 있는, 방 세 개짜리 집 주방에 서서 이탈리아어로 통화하고 있다. 그는 신호수, 이급 신호수이고 우편함에 적힌 그의 이름은 장 페레로다. 그의 부모는 이탈리아 베르첼리의 벼 생산지에서 건너온 이민자였다.

주방은 크지 않고, 도로에 면한 문 뒤에 세워 둔 오토바이 때문에 더 작아 보인다. 조리기 위에 놓인 냄비를 보면 남자가 요리를 하는 집임을 알 수 있다. 그의 방에는, 아테네에 있는 내 방과 마찬가지로, 여자의 손길이 닿은 흔적이 없다. 여자 없이 남자 혼자 지내는 방, 남자와 방은 모두 거기에 익숙해진다.

철도원은 전화를 끊고 식탁으로 다가가, 펼쳐 놓은 지도를 보며 지나야 할 길과 도시 들을 확인한다. 피네롤로, 롬브리아스코, 토리노, 카살레 몬페라토, 파비아, 카살마조레, 보르고포르테, 페라라. 그는 그 이름들을 적은 쪽지를 오토바이 계기판에 스카치테이프로

13

붙인다. 브레이크액과 냉각수, 오일, 타이어 공기압을 확인한다. 체인이 충분히 팽팽한지 확인하기 위해 왼손 검지로 체인 무게를 가늠해 본다. 시동을 켠다. 계기판에 붉은색 조명이 들어온다. 두 개의 전조등을 확인한다. 그의 몸짓은 꼼꼼하고, 조심스러우며 (무엇보다도) 부드럽다. 마치 오토바이가 살아 있는 생명인 것만 같다.

이십육 년 전에도 장은 똑같은 방 세 개짜리 집에서 아내 니콜과 함께 살았다. 어느 날 니콜이 그를 떠났다. 아내는 그가 야간 근무를 하고, 다른 시간에는 노동총연맹 조직과 관련한 일에만 매달리고, 침대에서는 홍보 전단만 읽는 것에 질렸다고 했다. 그녀는 삶을 원했다. 문을 거칠게 닫고 나가 다시는 모단에 돌아오지 않았다. 두 사람에게 아이는 없었다.

같은 날 밤 아테네로 돌아오는 기차 안에서, 나는 다른 도시에서 울리는 피아노 음악 소리를 들었다.

카펫도 깔려 있지 않고 벽지도 없는, 나무로 만든 난간만 있는 넓은 계단. 음악은 아파트의 오층에서 흘러나오고 있다. 건물의 엘리베이터는 좀처럼 운행되지 않는다. 레코드나 시디가 아니라, 평범한 카세트였다. 모든 소리에 먼지가 가볍게 앉아 있다. 피아노 야상곡.
 아파트 안에는 한 여인이 발코니 쪽으로 난 높은 창문 앞에 놓인 일인용 의자에 앉아 있다. 여인은 이제 막 커튼을 열고 한밤중 도시의 지붕들을 내다보고 있다. 머리는 뒤로 올려서 묶었고 눈이 피곤해 보인다. 온종일 그녀는 지하 주차장의 정교한 설계도를 그렸다. 그녀는 한숨을 쉬며 쑤시는 왼손 손가락을 문지른다. 그녀의 이름은 즈데나다.

이십오 년 전 그녀는 프라하의 학생이었다. 1968년 8월 20일, 그녀는 붉은 군대 탱크를 타고 자신들의 도시에 들어온 러시아 병사들을 설득하려 했다. 그다음 해, 탱크들이 왔던 날을 기념하는 행사에서, 그녀는 바츨라프 광장에 모인 군중에 합류했다. 경찰이 군중을 해산시키려 했고, 다섯 명이 사망했다. 몇 달 후 친한 친구 몇 명이 체포되었고, 1969년 크리스마스에 그녀는 국경을 넘어 빈으로 갔다가 거기서 파리로 이동했다.

그녀는 그르노블의 체코 이민자들을 위한 모임에서 장 페레로를 만났다. 그가 들어오자마자 알아보았는데, 오래전 철도 노동자들을 다룬 체코 영화에서 본 배우 같았다. 나중에, 그가 정말로 철도 일을 한다는 것을 알았을 때, 그녀는 그가 자신의 친구가 될 운명이라고 느꼈다. 그는 '보헤미아는 나의 조국입니다'라는 말을 체코어로 어떻게 하는지 물었다. 그 질문이 그녀를 웃게 했다. 둘은 연인이 되었다.

모단의 작업장에서 이틀 연휴가 생길 때마다 철도원은 오토바이를 몰고 즈데나를 만나러 그르노블에 갔다. 두 사람은 그의 오토바이로 함께 여행을 다녔다. 그는 그녀를 지중해로 데리고 갔고, 그곳은 그녀가 한 번도 본 적이 없는 곳이었다. 칠레 선거에서 살바도르 아옌데가 승리했다는 소식을 들었을 때는, 산티아고에 가서 살 생각도 했다.

그러다 십일월에 즈데나는 임신을 했다고 알렸다. 장은 아이를 낳자고 즈데나를 설득했다. 내가 둘 다 돌봐 줄게, 그가 말했다. 모단에 있는 우리 집에 와서 함께 살자. 방이 세 개야. 주방, 우리가 함께 쓸 침실, 아들인지 딸인지 모르지만 녀석이 쓸 침실. 아기는 딸인 것 같아, 그녀는 그렇게 말하고는, 갑자기 기분이 좋아졌다.

아테네 역의 승강장에서 누군가 나를 부축해 주겠다고 했다. 나는 눈이 먼 데다 귀까지 먹은 시늉을 했다.

두 사람의 딸 니농이 여섯 살이 되었을 때, 즈데나는 어느 날 저녁 라디오에서 체코 프라하의 시민 백 명이 인권과 시민권을 요구하는 청원서를 제출했다는 소식을 들었다. 이게 전환점이 될까? 그녀는 자문했다. 팔 년을 외국에 나와 있었다. 그녀는 더 알고 싶었다.

가 봐, 장이 식탁에 앉아서 말했다. 우리는 괜찮을 거야, 니농이랑 나는. 여유 있게 다녀와, 당신 비자를 연장할 수도 있겠네. 크리스마스에 맞춰서 돌아오면 다 함께 썰매 타고 모리엔까지 가자고! 아니, 슬퍼하지 마, 즈데나. 이건 당신의 의무잖아, 동무. 행복해져서 돌아올 거야. 우리는 괜찮아.

오층에 울려 퍼지는 야상곡에 여전히 귀를 기울인 채, 즈데나는 커튼을 닫고 파란색과 흰색 타일이 붙은 벽난로 옆의 전신 거울로 다가간다. 그녀는 거울을 가만히 바라본다.

십칠 년 전 저녁, 그녀가 장에게 비자에 대해 물었을 때 실제로 무슨 일이 있었던 걸까? 그들 셋은, 무언가에 홀린 사람들처럼, 미친 사람들처럼, 이제 다시는 함께 지낼 수 없다는 것에 동의한 걸까?

우리는 일들을 어떻게 결정하는 걸까?

거울 아래쪽 모퉁이에 버스표가 끼워져 있다. 브라티슬라바 출발—베네치아 도착. 그녀는 왼손으로 버스표를 만지작거린다. 아픈 손가락이 있는 손이다.

오토바이의 안장에는 담요를 덮어 놓았고, 그 위에 고양이 세 마리가 자고 있다.

장 페레로는 부츠와 검은색 가죽옷 차림으로 계단을 내려와 주방에 들어선다. 뒷마당으로 이어지는 문 아래쪽의 작은 문을 열고 손뼉을 치자, 고양이들이 한 마리씩, 안장에서 내려와 마당으로 빠져나간다. 작은 문은 십오 년 전, 니농이 강아지 마제스틱을 키울 때 만들어 준 것이다.

그때 나는 멜론 조각을 떠올리게 하는 목소리를 들었다. 같은 목소리지만 이제 목소리의 주인공은 여덟 살 혹은 아홉 살 된 소녀였다. 그녀가 말한다. 마제스틱을 겉옷 안에 품고 기차역을 지나서 걸어가요. 하루에 예순한 대의 기차가 우리 역을 지납니다. 이탈리아로 보내는 화물은 모두 우리 터널을 통과하죠. 겉옷 안에 품으면 마제스틱은 첫번째 단추에 턱을 걸친 채 제 옷깃 앞에서 귀를 팔랑거려요. 달팽이와 지렁이, 애벌레, 올챙이, 무당벌레와 가재를 제외하면, 녀석이 저의 첫번째 애완동물이죠. 이름을 마제스틱이라고 지은 건, 녀석이 아주 작기 때문이에요.

장은 거리로 나가는 문을 열고, 오토바이를 비스듬히 눕혀서 발로 밀어낸다. 뒷바퀴가 문턱을 넘자마자 오토바이는 저절로 굴러서 도로에 내려선다. 그는 하늘을 올려다본다. 별은 없다. 암흑, 눈에 보이는 암흑이다.

마제스틱을 겉옷 안에 넣고 역을 지날 때면, 모두들 걸음을 멈추고 손으로 우리를 가리키며 미소를 지어요. 우리를 아는 사람이든 모르는 사람이든 모두요. 녀석은 새로운 생명이에요. 신부님이 제게 녀석 이름을 물어보십니다. 마치 세례라도 해 주실 것처럼요! 마제스틱이요! 제가 말씀드렸어요.

철도원이 문을 잠그러 간다. 그가 문을 잠그는 모습을 보면, 다음 주에는 그 집에 돌아와 있을 것임을 이미 확신하는 것 같다. 그가 손으로 뭔가를 할 때면 늘 확신을 준다. 그는 손동작이 말보다 더 믿음이 가는 부류의 사람이다. 장갑을 낀 다음 시동을 걸고, 연료 게이지를 살피고, 기어를 일단으로 놓은 다음, 클러치를 풀고 미끄러지듯 출발한다.
　기차역 앞의 신호등에 정지 신호가 들어와 있다. 장 페레로는 신호가 바뀌기를 기다린다. 다른 차는 없다. 아무런 위험 없이 지나갈 수 있다. 하지만 평생 신호수로 일했던 그는 기다린다.

마제스틱이 일곱 살 때, 트럭에 치였어요. 처음 데리고 왔던 날부터, 녀석이 첫번째 단추에 턱을 걸치고 있을 때나, '마제스틱, 나의 마제스틱'이라고 부르며 외투에 싸서 집으로 데리고 올 때까지, 녀석은 언제나 수수께끼였어요.

신호가 녹색으로 바뀌고 남자와 오토바이가 속도를 낸다. 장은 부츠를 신은 오른발을 뒤로 해서 살짝 들고, 왼발 끝으로 기어를 이단으로 올린다. 공중전화 부스를 지날 때쯤 다시 한번 기어를 삼단으로 올린다.

어제, 코메르스 호텔 옆에 있는 상점 진열장에 제 이름 니농이 적힌 드레스가 걸려 있는 걸 봤어요. 몸통 부분이 전부 검은색 중국 비단으로 되어 있고, 곳곳에 하얀 꽃무늬가 흩어져 있었죠. 딱 알맞은 길이, 무릎 위로 손가락 세 개쯤 올라간 길이였어요. 브이넥 모양의 기다란 깃은 바느질로 붙인 게 아니라 재단한 거예요. 맨 아래까지 단추가 달려 있고요. 빛을 받으면 살짝 비치긴 하지만, 야하다고 할 만큼은 아니에요. 비단은 언제나 시원하죠. 치맛단을 아래위로 살짝 움직이면, 아이스크림 먹을 때처럼 허벅지가 그 옷을 핥는 거예요. 비단 벨트를 찾아봐야겠어요. 이 드레스에 어울릴 만한 넓은 은색 벨트요.

20

전조등을 켠 오토바이가 구불구불한 산길을 올라간다. 가끔씩 급경사면이나 바위들 뒤로 사라지고, 그러는 사이에 내내 더 높이 올라가면서 더 작게 보인다. 이제 깜빡이는 전조등은 거대한 바위벽 앞에서 흔들리는, 기도를 위해 밝혀 놓은 촛불의 불꽃처럼 보인다.

그에게는 다르다. 그는 땅 밑에 굴을 파는 두더지처럼 암흑을 뚫고 지나가고 있다. 그가 켜 둔 전조등 불빛이 어둠 속에 터널을 만들고, 바위를 피하며 올라가는 도로를 따라 그 터널도 이리저리 움직이며 나아간다. 고개를 돌려 뒤를 보면 (지금 막 그랬던 것처럼) 후미등 불빛과 어마어마한 암흑밖에 없다. 그는 무릎을 연료 탱크에 꼭 붙이고 있다. 각각의 모퉁이는, 남자와 기계가 지날 때마다 그들을 받아들이고, 낚아채듯 빨아들인다. 남자와 기계는 천천히 들어갔다가 재빨리 벗어난다. 모퉁이에 접어들 때면 둘은 최대한 자세를 낮추고, 모퉁이가 휘는 지점이 나타나기를 기다렸다가, 빠른 속도로 튀어나간다.

그러는 사이, 남자와 기계가 올라가는 지역은 점점 더 황량한 풍경으로 바뀐다. 암흑 속에서 황량함은 보이지 않지만 신호수는 공기와 소리에서 그것을 느낄 수 있다. 그는 다시 헬멧의 얼굴 가리개를 연다. 공기는 희박하고, 차갑고, 축축하다. 바위에 울리는 엔진 소리도 들쭉날쭉하다.

눈이 멀고 처음 일 년 동안, 가장 나쁜 순간은 아침에 잠에서 깼을 때였다. 자고 있을 때와 깨어 있을 때의 경계에 빛이 없다는 사실 때문에, 나는 종종 비명을 지르고 싶었다. 서서히 거기에 익숙해졌다. 이제 잠에서 깨어나 가장 먼저 하는 일은, 무언가를 만지는 일이다. 내 몸, 이불, 침대 머리의 나무판에 새겨진 나뭇잎 같은 것들.

다음날 자고 일어나 의자 위에 벗어 둔 옷을 만졌을 때, 다시 니농의 목소리를 들었다. 마치 그녀가 거리에서 사다리를 타고 올라와 창틀에 앉아서 말하는 것처럼 또렷한 목소리였다. 더 이상 아이가 아니었지만, 아직 여인은 되지 않은 목소리였다.

오늘은 제 인생 처음으로 비행기를 탔어요. 구름 위로 올라가니 너무 좋았어요. 발을 딛고 서 있을 수 없는 곳에 있으니, 모든 곳에서 하느님을 느낄 수 있더라고요. 아빠가 오토바이로 리옹 공항까지 데려다줬어요. 우선 알프스를 넘어 빈으로 가서, 거기서 다시 브라 티슬라바로 갔어요. 이제 저는 우편 소인이나 엄마의 주소에서만 본 적이 있는 도시에 와 있는 거예요. 도나우 강은 아름답고, 강을 따라 서 있는 건물들도 아름다워요. 엄마가 공항에 나왔어요. 생각 했던 것보다 훨씬 예뻐 보였어요. 엄마 목소리가 얼마나 예쁜지 잊 지 못할 것 같아요. 남자들이 엄마 목소리 때문에 사랑에 빠질 거라 고 확신해요. 엄마는 결혼반지를 끼고 있었어요. 오층에 있는 아파 트는 천장이 높고, 창문도 높고, 가구는 크고 다리가 날씬해요. 이 야기를 오래 나눌 수 있는 집이죠. 서랍마다 서류들이 가득해요. 저 는 구경했어요! 제 방으로 가려면 계단을 내려가서 열쇠로 다른 문 을 하나 더 열어야 해요. 한때는 다른 아파트에 속한 방이었을 것 같아요. 엄마가 '밀고자의 부끄러운 이야기'에 대해 뭔가 말하지만, 무슨 뜻으로 그 이야기를 한 건지는 확신할 수 없네요. 제 방이 마 음에 들어요. 창밖으로 커다란 나무가 한 그루 있어요. 무슨 나무예 요? 너도 알아야지, 엄마가 아름다운 목소리로 말하죠, 이건 아카 시아 나무란다. 제일 좋은 건, 카세트가 있어서 제 테이프들을 들을 수 있다는 점이에요.

사흘 동안 짧은 메모 하나 남기지 않았어요. 저는 이곳을 즐기고 있는 게 분명해요.

버섯을 찾아 숲속으로 멀리 산책을 나갔어요. 능이버섯을 몇 개 봤어요. 엄마는 능이버섯이 뭔지 전혀 몰라서 제가 요리하겠다고 했죠. 그냥 새인 줄만 알더라고요!(능이버섯을 뜻하는 프랑스어 épervier에는 '새매'라는 뜻도 있다.—옮긴이) 제대로 하지 않으면 쓴 맛이 나거든요. 우리는 오믈렛에 넣어 먹었어요.

엄마는 늘 이것저것 물어봐요. 학교를 졸업하면 뭘 할 건지, 친구 는 많이 있는지, 무슨 공부를 하고 싶은지, 외국어, 러시아어를 배워 보는 건 어떻게 생각하는지 등등. 결국 저는 곡예사가 되는 훈련을 받아 보고 싶다고 대답했어요! 엄마는 곧장 이렇게 말해요. 프라하에 서커스 공연자들을 위한 좋은 학교가 있으니, 한번 알아보자. 저는 엄마에게 입을 맞춰요. 제가 농담을 하고 있다는 것도 모르시는 것 같아서요.

일요일에는 도나우 강가에 있는 식당에서 점심을 먹었어요. 수영하기 전에요. 어제 엄마가 수영복을 사 줬어요. 검은색, 꽤 섹시해요. 엄마는 몇 년 전, 자신이 여전히 젊다는 걸 증명하려고 한밤에 도나우 강을 헤엄쳐(이건 금지된 일이거든요) 건넜다고 해요. 혼자서요? 아니, 엄마는 그렇게 대답했지만 더 이상은 말하지 않았어요. 엄마 수영복은 검은색에 노란색이라서 꿀벌 같아요.

교황께서 폴란드를 방문 중이에요. 점심을 먹는 내내 엄마는 폴란드에서 벌어지고 있는 일을 이야기해요. 레흐 바웬사는 도피 중이고 그가 이끄는 노조는 불법단체가 되었대요, 아빠가 말하는 '솔리다르노시치('연대'라는 뜻의 폴란드어. 레흐 바웬사가 1980년 창설한 노동자들의 자주적 노동조합—옮긴이)'요. 나이 든 장군, 엄마에 따르면 이름이 J로 시작하는 그 사람은 점점 선택의 폭이 좁아지고 있고, 결국 원하지 않더라도 바웬사와 협상을 할 수밖에 없을 거라고 해요. 오래된 호위대는 이제 끝났다고, 엄마가 속삭여요. 우리는 둘 다 두번째 아이스크림을 먹어요. 브레즈네프와 후사크는 못 버틸 거야, 그들은 사라지고, 치워지겠지. 길거리에서 사람들이 우리 대통령을 뭐라고 부르는지 아니? (엄마는 몸을 숙여서 제 귀에 가까이 대고 말해요) '망각의 대통령'이라고 부른단다.

엄마에게는 딸이 둘이에요! 그렇게 들었어요. 저한테 여동생이 있는 거예요. 엄마는 우리 둘을 모두 사랑하죠. 여동생의 이름은 사회적 정의(Social Justice), 줄여서는 정의(Justice)예요. 책을 쓰고 있어요, 엄마는요. 제목은『1947년부터 현재까지 정치 용어 사전 및 용례』이고, 기권(Abstention), 활동가(Activist), 공작원(Agent Provocateur)… 이런 순서로 시작해요. 엄마가 그 단어들을 말할 때는, 마치 사랑의 단어들처럼 들려요. 엄마한테 애인이 있을 거라고 저는 생각해요. 안톤이라는 남자에게서 전화가 와서 엄마가 통화해요.(엄마가 제 이름을 말할 때를 빼면 저는 단 한마디도 못 알아듣죠.) 그 남자에게 말할 때 엄마는 고양이 혀 느낌의 목소리, 작고, 따뜻하고, 까칠한 목소리로 말해요. 제가 무슨 일이냐고 물었고, 엄마는 안톤이 우리를 시골에 데려가고 싶어 한다고 했어요. 한번 생각해 보자. 엄마의 책은 제 여동생에 관한 것이에요. 여동생은 저보다 더 수수하지만, 더 가치가 있죠. 지금은 I 항목까지 왔어요. 이상주의(Idealism), 이데올로기(Ideology). 머지않아 K 항목을 시작할 거라고 하네요. 식당에서 커피를 마시는 동안 악단이 들어와서, 조율을 하고 연주를 시작해요. 차이코프스키라니! 엄마가 낮게 말하죠. 수치야! 체코인에게 이건 수치지! 우리 작곡가들도 있는데 말이야. 저는 엄마에게 도어스를 아느냐고 물어요. 엄마가 고개를 가로저어요. 그럼 짐 모리슨은요? 아니, 이야기해 주렴. 어서 말해 봐. 저는 못하는 영어로 흥얼거려요.

낯선 날들이 우리를 찾아왔지,
낯선 날들이 우리를 따라왔지.
그날들이 파괴하겠지
우리의 평소 즐거움을.
우리는 계속 즐기거나
새로운 동네를 찾겠지….

다시 불러 봐, 천천히, 엄마가 부탁해요. 저는 다시 부르고, 엄마는 거기 앉아서 나를 지켜봐요. 잠시 침묵 후에 엄마가 말을 하고, 나는 즉시 그 말을 일기장에 받아 적고 싶었죠. 누구나 자신의 모든 것을 가질 수는 없는 거야, 엄마가 말해요, 모든 것을 희생하며 얻고 싶어 하는 그 미래를 말이야. 그 순간 엄마랑 가장 가까이 있다고 느꼈어요. 여동생은 절대 느껴 보지 못했을 만큼요. 돌아오는 전차 안에서 우리는 서로의 어깨에 기대서 조금 울었고, 엄마는 내 귀를 만지작거렸어요.(학교에서 남자아이들이 해 보고 싶어 하는 행동이죠.)

폭포가 굉음을 낸다. 신호수 장은 산길에 오토바이를 세워 두고 왔다. 두 전조등은 여전히 켜져 있고, 그는 일종의 바위들로 이루어진 물가를 조심스레 지나고 있다. 폭포는 그의 뒤에 있다. 물가에는 바위가 많고, 어떤 것은 그의 몸집만큼 작고 어떤 것은 훨씬 크다. 봉우리에서 떨어진 바위들. 어쩌면 어제 떨어진 것일 수도 있고, 몇백년 전에 떨어진 것일 수도 있다. 온통 돌멩이들이고, 그 모든 것이 우리의 시간이 아닌 어떤 시간, 영원에 닿아 있지만 그 안으로 돌아갈 수는 없는 시간에 대해 이야기한다. 아마 그래서 장 페레로는 전조등을 그대로 켜 두었을 것이다. 물가를 둘러싼 절벽과 산 들이 희미한 조명을 받아 빛나고, 별은 사라지고 있다. 동쪽, 그가 걸어가고 있는 쪽에서 하늘은 피 흐르는 상처에 바른 드레싱 색을 띠고 있다. 자신을 둘러싼 방대함 안에서 그의 모습만이 홀연히 등장하고, 이는 그 자신보다는 내게 더 분명하게 느껴진다.

산은 사람만큼이나 묘사하기가 어렵고, 그래서 사람들은 산에 이름을 지어 준다. 오바르다. 키브리아리. 오르시에라. 키아마렐라.
비소. 산은 매일 같은 자리에 있지만, 종종 사라지기도 한다. 가끔
씩 산은 가까이 보이고, 가끔은 멀리 보인다. 하지만 그것들은 늘
같은 자리에 있다. 산의 아내와 남편은 물과 바람이다. 다른 행성에
서라면 산의 아내와 남편은 헬륨과 열기뿐일지도 모른다.

그는 걸음을 멈추고 바위 앞에 쭈그려 앉는다. 바위의 남쪽 표면
에 이끼가 끼어 있다. 이곳에 비를 내리는 것은 사하라에서부터 불
어오는 남풍이다. 바람은 지중해를 건너면서 수증기 구름을 모으
고, 한데 모인 그 구름들이 차가운 산과 만날 때 비가 되어 내린다.

그는 앉으면서 바위 아래 작은 웅덩이를 들여다본다. 웅덩이는
세숫대야만 하다. 바위 아래에서부터 흘러든 물살이 그 웅덩이에
모이고, 그가 앉은 자리 옆으로 흘러넘쳐 손가락 두 개만 한 폭의
물줄기를 만들고 있다. 웅덩이 깊은 곳에서는 작은 물살이 콸콸음을
내는 폭포처럼 쉬지 않고 흘러들고, 그는 그 물살을 가만히 바라본
다. 웅덩이 표면의 흔들리는 잔물결이 머리칼처럼 보이고, 동틀 녘
의 뾰족한 산악지대에서, 유일하게 부드럽고 끊어지지 않는 대상은
그 잔물결뿐이다. 그는 자세를 바꾸어 무릎을 꿇고 고개를 숙인다.
느닷없이 손을 대야에 담그고 얼굴에 얼음 같은 물을 한 줌 끼얹는
다. 냉기가 주는 충격에 눈물이 멎는다.

아빠와 함께 기차를 탈 때면, 아빠가 철도 이야기를 해 줘요. 혼자
일 때는, 군인들이 보여요. 이유는 알아요. 역사 선생님이 1917년에
있었던 사고 이야기를 해 주신 후로, 줄곧 군인들을 봤어요.(1917
년 12월 프랑스 모리엔 근처에서 발생한 군용 기차 탈선사고와 그
에 이은 화재로 기차에 타고 있던 수백 명의 군인들이 사망했던 사

건을 일컬음—옮긴이) 기차가 텅 비었을 때, 그러니까 오늘 아침 같은 때, 군인들이 거기 있어요. 방금 차장님이 들어와서 말했어요. 아, 니농 양, 이번 학기에 졸업 시험을 보겠네! 이제 차장님은 사라지고, 이 빌어먹을 기차 안에는 군인들밖에 보이지 않아요.

장교가 아니라, 그냥 사병들이에요. '투 바 비앵' 카페에서 저와 이야기를 나누는 그런 젊은 남자들이요. 기차가 군인들로 가득하고, 모두 장총을 들고 배낭을 메고 있어요. 군인이 가득 탄 기다란 기차는 역사를 바꿀 수도 있는 거라고, 아빠가 말해요.

이 군인들은 행복해요. 크리스마스가 가까운 12월 12일이라서, 전선을 벗어나 집으로 가는 길이니까요. 군인들은 우리 터널을 지나왔어요. 모단에서 오랫동안 대기 중이었죠. "우리가 왜 대기 중이지?"라고 그들이 노래를 부르기 시작했어요. 기관사는 기관차가 한 량뿐인 상태로 얼음이 낀 선로를 달려 모리엔까지 가고 싶지는 않았던 거예요. 하지만 지휘관 장교가 그냥 가라고 명령을 내렸죠.

휴가를 받아 집으로 돌아가는 군인들로 가득한 객차가 평원을 향해 내려가고, 저는 그들과 함께 있어요. 피할 수만 있다면 뭐든 내줄 수 있을 것 같아요. 선생님이 말한 비극은 거의 외우고 있기 때문에, 이 기차를 탈 때마다 군인들이 눈에 띄는 거예요. 기차를 탈 때마다 저는 그 군인들과 함께 내려가죠.

창밖으로 다른 선들이 보여요, 강과 도로요. 우리 골짜기는 아주 좁아서 이 셋은 나란히 달려야만 하죠. 그것들이 할 수 있는 건 서로 자리를 바꾸는 것뿐이에요. 도로가 철도 위의 다리를 지나기도 해요. 강이 도로 밑으로 흐르기도 합니다. 철도가 나머지 둘 위로 지나기도 하죠. 언제나 철도와, 강과 도로가 있고, 기차에 탄 저에겐, 군인들도 있어요.

군인들이 제 앞에서 싸구려 포도주 병을 주고받아요. 기차에는 등이 없지만, 누군가 허리케인 램프를 들고 왔네요. 군인들 중 한 명이 눈을 감고 노래해요. 차창 옆에는 아코디언 연주자가 있고요. 기관차에서 쉭쉭거리는 소리가 나고, 그 소리는 나무를 자르는 전기톱 소리만큼이나 날카롭고 높죠. 누구도 노래를 멈추지 않아요. 그 순간만큼은 누구도 자신들이 집으로 돌아가 아내와 떡을 치고 자식들을 만나게 되리라는 걸 의심하지 않습니다. 그 누구도, 그 어떤 것도 두려워하지 않죠.

이제 기차는 너무 빨리 달리고, 바퀴에서 튄 불꽃이 밤의 공기 속으로 날아가고, 객차는 위태롭게 좌우로 흔들려요. 군인들은 노래를 멈춰요. 서로를 바라봅니다. 잠시 후 그들은 고개를 숙여요. 빨간 머리 남자가 낮게 속삭이죠. 뛰어내려야 해! 동료들이 그를 출입구에서 떼어내요. 죽고 싶지 않으면 뛰어내려야 한다고! 풀려난 빨간 머리 남자가, 출입구를 열고 뛰어내립니다. 남자는 죽어요.

객차 아래 바퀴들은 아주 가까이, 여러분이 상상하는 것보다 훨씬 가까이, 객차 바로 아래에 끼워져 있죠. 그래서 이리저리 쏠리는 군인들의 무게 때문에 객차는 더 격하게 출렁거려요. 가운데로 모여, 하사관이 외칩니다. 씨발 가운데로 모이라고! 군인들은 시키는 대로 하려고 애써요. 그들은 차창과 출입구에서 몸을 떼어 서로의 몸에 팔을 두른 채 가운데에 모여 서고, 기차는 제지공장 옆의 모퉁이를 향해 돌진하죠.

기차선로로 보자면, 제지공장 옆의 모퉁이는 급커브인 셈이고, 벽돌로 된 높은 급경사면도 있어요. 종종 도로에서 그 급경사면을 올려다볼 때가 있었죠. 오늘날 그 사고를 알리는 표지판 같은 건 없지만, 경사면의 벽돌을 볼 때마다 저는 피가 떠올라요.

맨 처음 떨어져 나간 객차가 탈선해서 벽에 부딪혀요. 다음 객차가 첫번째 객차를 납작하게 만들죠. 나머지 객차들은 겹겹이 쌓이

30

고, 기차 바퀴가 다른 객차의 지붕과 군인들의 두개골을 갈아 버려요. 허리케인 램프가 깨지고 목재와 배낭, 나무로 된 객차 좌석들이 불탑니다. 그날 밤의 사고로 팔백 명이 죽었어요. 쉰 명이 살아남았죠. 물론 저도 죽지 않아요.

저는 육십 년 후 모리엔에서 열린 사고 추모 미사에 참석했어요. 어릴 때 제 옷을 만들어 주곤 하셨던 보송 부인과 함께 갔어요. 사고에서 살아남은 몇몇 노인들이 파리에서 왔더군요. 그분들은, 기차에서 하사관이 명령을 내렸을 때처럼 서로 꼭 붙어 서 있었어요. 보송 부인과 저는 다리가 한쪽뿐인 남자를 찾고 있었는데, 거기 그 남자가 있었어요. 보송 부인은 제 손을 한번 꽉 쥐었다가, 저를 내버려 둔 채 그 남자를 향해 다가갔죠. 저는 부인이 뭘 하려는지 알고 있었어요. 저한테 미리 이야기해 주었거든요. 부인은 그 남자에게 결혼을 했는지 물어볼 거예요. 만약 했다면, 혹시 지금은 홀아비인지 물어볼 거예요. 저는 그런 건 물어보면 안 된다고 부인에게 말했죠. 하지만 저는 그저 어린아이일 뿐이었고, 부인의 말에 따르면, 저는 삶이란 것이 어디까지 힘들 수 있는지 아직 몰랐으니까요.

보송 부인은 사고가 있었던 날 밤에 열다섯 살이었어요. 사고가 났을 때의 폭음 때문에 생 장 드 모리엔 전체가 잠에서 깼고, 수백 명의 사람들이 불길에 휩싸인 폐허 더미로 몰려들었죠. 그들이 할 수 있는 일은 거의 없었어요. 아직 살아 있는 군인들은 철제 파편 밑에 갇힌 채, 불구덩이 속에 있었죠. 군인 한 명이 구경꾼에게 자기 총으로 쏴 달라고 부탁했어요. 다른 군인 한 명이 열다섯 살의 소녀, 훗날 보송 부인이 되는 소녀를 발견했습니다. 아가씨, 그가 간청했죠, 얼른 가서 도끼 가지고 와! 그녀는 집으로 달려가 도끼를 찾아서는, 다시 현장으로 달려왔어요. 이제 내 다리를 잘라! 군인이 그녀에게 명령했어요. 뜨거운 불길 때문에 지옥에 있는 것 같았죠.

누군가 그의 다리를 잘랐어요. 육십 년이 지나고, 홀어미가 된 보송 부인은 그날 밤 자신이 구해 준 외다리 남자와 결혼하기를, 반쯤은 바라고 있습니다.

생 장 드 모리엔 역에서 고등학교까지는 몇 분만 걸으면 돼요. 느긋하게 걸으면서, 나는 혼잣말을 해요. 이 빌어먹을 죽음의 골짜기를 떠나고 싶다고, 세상을 보고 싶다고요.

눈이 먼 상태는 영화와 비슷하다. 눈이 코 위에 양쪽으로 있는 것이
아니라 이야기가 이끄는 곳에 있기 때문이다.

십일번 전차가 멈추는 모퉁이에서, 그날의 첫 전차를 운행하는
여자 운전사가 갓 구운 빵 냄새에 미소를 짓는다. 한쪽 발로 전차
앞 유리를 살짝 열어 둔 덕분에 빵 냄새를 맡을 수 있다. 그 앞의 오
층 건물에서 즈데나도 같은 빵 냄새를 맡는다. 그녀의 방 창문이 열
려 있다. 길고 좁은 방, 너무 좁아서 싱글 침대를 놓고 나면 침대와
벽 사이에 사람이 걸어 다닐 틈만 간신히 남는다. 그 방은 기다란
복도 같다. 복도 끝의 창밖에 아카시아 나무가 있고, 전차 노선이
내려다보인다.

딸이 다녀간 후로, 즈데나는 이 '복도'를 니농의 방이라고 불렀
다. 종종 책을 찾으러 이 방에 오곤 한다. 생각했던 책을 찾던 중에,
다른 책 한 권을 집어 든다. 한때 그녀의 연인이었던 시인의 책, 혹
은 마리나 츠베타예바의 편지 모음집 같은 책. 그런 다음 그녀는 의

자에 앉아 읽고 있던 책을 끝까지 읽는다. 그런 일이 있을 때면, 복도 방에 그렇게 한 시간 남짓 앉아 있을 때면, 마치 문에 달린 옷걸이에 니농의 잠옷이 그대로 걸려 있는 것만 같다.

며칠 전부터 즈데나는 딸과 좀 더 가까이 있는 기분을 느끼기 위해 이 방의 좁은 침대에서 자고 있다.

그가 제 이름에 관한 노래를 어떻게 알고 있었는지 모르겠어요. 「니농, 어쩌나 예쁜 이름인지」(프랑스 사부아 지방의 민요—옮긴이)라는 노래요. 어쨌든 그는 알고 있었죠. 자신이 요리사라고 했어요. 저는 군대 취사병이었을 거라고, 이제 막 제대했을 거라고 생각했어요. 머리가 아직 짧았고, 귀가 그대로 드러나 있었거든요. 북쪽 지역에서 왔느냐고 제가 물었더니, 그는 파란 눈으로 미소만 지어 보인 채 대답은 하지 않았어요. 확실히 북쪽에서 온 군인처럼 보였어요. 피부가 창백하고 몸 여기저기가 울퉁불퉁하면서 흉터가 많았거든요. 예를 들면 광대뼈 밑이나 팔뚝의 두 근육 사이, 혹은 무릎 뒤쪽 같은 곳이요. 바위를 더듬던 손이 갑자기 두 바위 사이의 좁은 틈으로 미끄러져서 그 아래 웅덩이에 닿을 때처럼, 그의 몸은 온통 마디투성이였어요.

처음 봤을 때 그는 툴롱의 부둣가에서 도로 한가운데로 걸어오고 있었어요. 마치 눈에 띄고 싶어 하는 사람처럼 걷고 있었죠. 배우나 술 취한 사람처럼요. 그는 짓궂게 웃었고, 짧게 자른 머리에 중절모를 쓰고 있었어요. 나무판자 두 개를 그물 같은 끈으로 이어서 앞뒤로 메고 있었는데, 나무판은 무릎까지 내려왔죠. 거기에 생선 요리식당의 메뉴가 적혀 있었어요. 거의 모든 요리 가격이 오십 미만인 저렴한 식당이었어요. '섭조개'라는 단어가 맨 위에, 그의 턱 바로 밑에 적혀 있었죠. 그 아래는 다양한 방식으로 조리한 홍합 요리였어요. '미국식', '마르세유식', '좋은 아내식', '인도식', '마틸드 여왕식', '악마식'… 그 목록이 재미있었습니다. '타히티식', '로셸식', '달콤한 섬 지방식', '죄수식', '헝가리식'… 그러니까 헝가리에도 홍합을 요리하는 그들만의 방식이 있다는 거였죠! 체코 사람들도, 불쌍한 저희 엄마처럼, 그들만의 홍합 조리법이 있을 거예요! 우리나라의 전통 요리는 나이프와 포크야, 언젠가 엄마가 농담처럼 말했죠. 저는 엄마의 웃는 모습이 너무 좋았어요. 어떤 나무가, 겨울이어서 나뭇잎은 다 떨어져 나갔지만, 여전히 살아 있음을 확인하는 것 같은 느낌이었어요. 엄마의 나이프와 포크 농담은 전혀 이해하지 못했죠. '영계식', '레위니옹식', '이탈리아식', '그리스식'… 엄마의 웃는 모습이 너무 좋았고, 그땐 저도 그렇게 웃고 있었어요.

그가 저를 봤어요. 자신의 메뉴판을 보며 웃는 저를 보고는, 허리를 굽혀 인사를 했어요. 앞뒤로 멘 판자가 종아리에 걸려서 허리를 많이 굽힐 수는 없었죠. 저는 요트와 모터보트를 묶어 두는 짧은 기둥에 앉아 있었어요. 홍합 남자가 말했어요.

우리 가게는 네시에 닫는데, 그때까지 여기 계실 건가요?

아니요, 제가 대답했죠.

휴가 중이신가요?

일해요.

그가 모자를 들었다가 좀 더 뒤로 고쳐 썼어요.

어떤 일 하시는데요?

자동차 대여 서비스요. 허츠.

여기가 첫 직장이라는 말은 하지 않았어요. 그는 고개를 끄덕이고는 어깨끈의 위치를 조정했어요.

그런 일이 당신을 갉아먹을 거예요, 그가 말했죠. 이 일은 요리사

35

자리를 찾을 때까지만 할 거예요.

진지하시네요.

저런 요트를 타고 여행 가는 건 어때요? 그가 '레스 디어(laisse dire, '말하자'라는 뜻의 프랑스어—옮긴이)'라고 적힌 배를 가리키며 말했어요.

헝가리 사람들은 홍합 요리를 어떻게 하는 거예요? 제가 물었죠.

저런 요트를 타고 여행 가는 건 어때요?

그는 자신의 등에 적힌 메뉴들만큼이나 멍청했어요.

늦겠어요, 그렇게 말하고 저는 자리를 떴어요.

브라티슬라바에 있는 복도 방의 좁은 침대에 누운 즈데나는, 한숨을 내쉰다. 한탄 혹은 흐느낌 후의 한숨을.

밤 열시에 허츠 사무실에서 퇴근하는데, 홍합 남자가 기차역의 신문 가판대 옆에 서 있었어요.

언제부터 있었던 거예요? 그렇게 묻지 않을 수 없었죠.

말했잖아요, 가게는 네시에 닫는다고.

거기 그가 서 있었어요. 다른 말은 하지 않았죠. 그냥 거기 서서 미소 짓고 있었어요. 모자는 쓰지 않았고, 판자를 메고 있지도 않았죠. 그는 야자수가 그려진 티셔츠 차림에, 장식 못이 박힌 가죽 벨트를 하고 있었어요. 그가 비닐봉지를 천천히 들어 보이더니, 그 안에서 보온 포장된 것을 꺼냈어요.

섭조개 좀 가지고 왔어요, 그가 말했죠, 헝가리식으로 조리한 겁니다.

36

나중에 먹을게요.

이름이 뭐예요?

저는 이름을 말해 주었고, 바로 그때, 그가 제 노래를 흥얼거렸어요. 「니농, 어찌나 예쁜 이름인지」.

우리는 바다로 이어지는 대로를 따라 걸었어요. 그가 비닐봉지를 들었죠. 보도에는 사람들이 많았고, 상점 쇼윈도에는 아직 불이 켜져 있었습니다. 오 분 동안, 그는 아무 말이 없었죠.

종일 그렇게 메뉴판 메고 다니는 거예요? 제가 물었어요.

여기서는 새벽 세시 삼십분에 상점 불을 끕니다, 그가 말했어요.

우리는 계속 걸었어요. 저는 걸음을 멈추고 쇼윈도 안의 코트를 구경했어요.

방탄유리예요, 그거, 그가 말했죠.

저는 코트와 드레스, 신발, 가방, 타이츠, 스카프를 걸친 제 모습을 상상해 봅니다. 신발이 특히 좋아요. 하지만 보석상 앞에서 멈춰 선 적은 한 번도 없어요. 저는 보석이 싫거든요. 그가 한 보석상 앞에서 걸음을 멈췄어요. 저는 그를 기다려 주지 않고 계속 걸었죠.

저기요, 그가 말했어요, 여기 그쪽이 좋아할 만한 게 있어요!

그래서요?

말만 해요.

저 보석 싫어해요, 제가 말했죠.

나도 그래요, 그가 말했어요.

컵 손잡이 같은 귀 사이에서 그의 얼굴에 미소가 피어났어요. 확신은 없는 미소였죠. 우리는 거리를 따라 바다까지 걸었어요. 저는 휴대용 의자가 쌓여 있는 해변에서 섭조개 요리를 먹었어요. 그 요리가 헝가리식인 건 파프리카가 들어갔기 때문이었어요.

제가 음식을 먹는 동안, 그는 운동화 끈을 풀었어요. 그는 무슨 일이든 의식적으로 했죠. 마치 한 번에 한 가지 일 이상은 생각하지 못하는 것만 같았어요. 왼쪽 신발. 그다음에 오른쪽 신발.

나 수영할 건데, 그가 말했죠, 그쪽은 수영하고 싶지 않아요?

막 퇴근하는 길이잖아요. 아무것도 못 챙겨 왔어요.

여기서는 아무도 못 봐요, 그는 그렇게 말하고는 야자수가 그려진 티셔츠를 벗었어요. 피부가 너무 창백해서 갈비뼈 사이의 그늘까지 그대로 보였죠.

저는 일어나서 신발을 벗고, 그를 내버려 둔 채, 맨발로 물가를 향해 내려갔어요. 작은 파도가 모래와 자갈 위로 부서지고 있었어요. 별이 보일 만큼 어두웠지만, 그가 옷을 벗는 모습이 보일 만큼 밝기도 했죠. 그는 재주를 넘으며 달려가 바다로 뛰어들었어요. 저는 놀랐지만, 금세 웃음이 나왔어요. 그의 재주넘기는 예의를 차리려는 마음에서 나온 행동일 거라는 생각이 들었거든요. 그건 자기 자지를 보여 주지 않고 바다까지 내려가는 방법이었던 거예요. 제가 어떻게 그걸 알았는지는 모르겠어요. 그에게 물어보지도 않았죠. 하지만 그런 생각이 들었어요.

제가 웃는 동안, 그는 어두운 바다로 뛰어들었어요. 그때 그 자리를 떠났어야 했어요. 그는 멀리까지 헤엄쳐 나갔고, 저는 그가 어디 있는지 알 수 없었죠.

어두운 바다에 들어가 있는 남자를 남겨 둔 채 떠나려고 해 본 적 있어요? 그게 간단한 문제가 아니더라고요.

저는 우리가 앉아 있던 자리로 돌아왔어요. 그의 옷가지가 개켜진 채 모래 위에 차곡차곡 놓여 있었어요. 옷을 개켜 놓은 게 신병의 솜씨와는 달랐죠. 옷들은 필요한 경우엔 어둠 속에서도 찾을 수 있게 정리되어 있었어요. 황급히 돌아와서 신속하게 다시 입을 수 있게 정리되어 있었죠. 면 티셔츠 하나. 바지 한 벌. 운동화 한 켤레,

왼쪽 신발 바닥에 구멍이 나 있었어요. 발이 컸어요, 44 치수. 속옷. 그리고 버클에 손 그림이 새겨진 벨트. 저는 앉아서 바다를 내다봤어요.

이십분은 흘렀을 거예요. 파도 소리가 라디오에서 들리는 군중의 박수 소리처럼 들렸어요. 하지만 파도 소리는 박수보다 규칙적이었고, '조니!'라고 외치는 사람도 없었죠. 그가 제 뒤에 나타났어요. 물을 뚝뚝 흘리면서요. 그렇게 흠뻑 젖은 모습으로 앙상한 한쪽 겨드랑이에 휴대용 의자 두 개를 끼고, 다른 쪽 손에는 파라솔을 들고 있었죠. 저는 웃음을 터뜨렸어요.

그렇게 계속된 거예요, 요리사와 제가. 그의 침묵에는 어떤 단단함이 있었고, 그건 절대 변하지 않을 테죠.

섹스 후에 제가 물었어요. 파도 소리 들려요?

그는 대답하지 않았어요. 대신 '슈우, 슈우, 슈우' 하는 소리만 냈죠.

즈데나는 침대에서 일어나, 바닥에 발을 딛고 맨발로 창문까지 걸어간다. 잠옷 목둘레의 레이스가 작은 쇄골을 가려 준다. 그녀는 아래쪽 전차 선로를 바라본다. 그때까지 새로 구운 빵 냄새가 남아 있다. 몇몇 사람들이 일터로 향하고 있다.

유람선이 정박해 있는 항구를 따라 내려가다 갑자기 요리사 생각이 났어요. 딱히 원하는 건 없었지만, 그냥 제가 나타나면 그가 어떤 반응을 보일지 궁금하더라고요. 메뉴 판자가 보여서 사람들 틈을 비집고 나갔지만 그 사람이 아니었어요. 머리가 희끗희끗한 오

십대 남자였죠. 요리사를 아느냐고 제가 물었더니 나이 든 남자는
고개를 저으며, 마치 말을 못 한다는 듯이 자신의 입을 가리켰어요.
그래서 그가 일하는 식당을 찾아가 봐야겠다는 생각이 들었죠.

식당 주인은 밝은 파란색 정장 차림에 얼굴은 뚱뚱한 어린이 같
았어요, 얼어붙은 얼굴. 그에게 요리사에 대해 물었죠.

누구시죠? 그는 계산기에서 고개도 들지 않고 말했어요.

친군데요, 전해 줄 게 있어서요.

우편으로 부칠 수 있는 겁니까?

떠난 거예요?

처음으로 남자가 고개를 들었어요. 사람들이 잡아갔는데, 주소
드릴까?

저는 고개를 끄덕였어요.

교도소, 낭트…. 커피 하실래요?

그 남자는 무슨 말을 하는 소리를 쳤어요. 냉담한 표정을 뚫고 어
떻게든 소리를 내려면 그래야 했겠죠. 그가 빈 테이블에 커피를 놓
고 제 맞은편에 앉았어요.

그 사람들이 삼 년 동안 당신의 그 요리사를 찾아다녔다고 합니
다, 그가 말했죠. 모두 일곱 명이 탈옥을 시도했다고 하더군. 그 친
구가 유일하게 성공했다고요. 나머지는 잡혔지. 그 친구는 부주의
했어요, 언덕을 내려갔으니까. 당신의 요리사 말입니다.

그 남자가 재미있어 하고 있는 게 보였어요. 그의 얼굴이 아니라
말하는 방식에서요.

그들이 그 친구를 잡은 건 순전히 우연이었지. 낭트에서 온 교도
관이 여기서 휴가를 보내고 있었답니다. 그 교도관이 아내와 함께
홍합을 먹으러 이 식당에 온 거예요. 나가는 길에, 옛 친구를 알아
본 거지. 어젯밤에 열두 명이 대기하고 있다가 그 친구가 부둣가로

나갈 때 덮쳤어요.

뭐가 그렇게 재밌어요?

다음 주에 주방 일자리를 줄 예정이었거든! 주방에만 있었다면 짭새가 못 봤을 것 아니요, 그렇지 않아요?

그게 재밌어요?

좋은 소식이니까! 당신의 요리사는 때를 기다리고 있었어요. 언젠가 토요일 밤에 금전 등록기를 털었을 테지. 그건 확실해요. 대신 사람들이 수갑을 채웠잖아요. 좋은 소식인데 웃지도 않으시네?

얼린 돼지 같은 인간! 제가 그에게 말했어요.

지빠귀 한 마리가 아카시아 나무에서 울기 시작한다. 내게는 그 무 엇보다, 새 울음소리가 과거의 모습을 떠올리게 한다. 지빠귀는 방 금 먼지를 뒤집어쓴 것 같은 모습이다. 그렇지 않은가? 그리고 찌 르레기는, 빛이 나는 검은색 깃털 덕분에 이제 막 연못에서 솟아난 것처럼 보이지만, 부리를 여는 순간 정반대가 된다. 찌르레기 울음 소리는 건조하다. 지빠귀는 살아남은 이들처럼 노래한다. 헤엄을 쳐서 물을 건너고, 안전한 밤의 이쪽 편에 도달한 이, 그런 다음 나 무 위로 날아올라 등에 묻은 물기를 털어내며 "나 여기 있어"라고 외치는 이처럼.

장 페레로는 여전히 전조등을 켜고 있다. 구름, 갈라진 바위 표면을 씻어 주는 하얀 구름을 지나왔기 때문이다. 길은 구불구불 내려가는 중이다. 그는 첫번째 소나무 숲에 도착했다. 부서진 바위 파편들이 풀밭으로 바뀌고 있다.

한참 아래쪽에 어떤 남자가, 바지 주머니에 손을 넣은 채 걸어가고 있다.

걷는 모습을 볼 때 양치기일 거라고 상상했다. 장소를 이동할 때 양치기들은 그들만의 방식으로 움직인다. 주머니에는 열쇠도, 동전도, 손수건도 없다. 어쩌면 칼이 한 자루 있을지도 모르지만, 칼은 그가 입고 있는, 양털로 안감을 댄 가죽 재킷 주머니에 있을 가능성이 더 크다. 그는 자신의 독립성을 증명하기 위해, 자신은 이제 막밤을 지나 새로운 날에 합류한 봉우리들로부터 독립된 존재임을 증명하기 위해 무심하게 걷는다. 새로 밝아 온 날에 대해서라면 그는 날짜도 요일도 모른다. 그가 그렇게 걷는 건, 밤이 무사히 지나갔다는 것에 자부심을 느끼기 때문이다. 밤이 무사히 지나간 건 그와도 관련이 있는 일이었다.

양치기와 가까워지자 신호수는 속도를 줄인다. 이윽고 그는 오토바이를 멈추고, 얼굴 가리개를 열고, 발을 땅에 디딘다. 왜 멈춘 걸까? 신호수 본인도 모르는 것 같다. 어쩌면 그런 시간이었기 때문에, 그리고 주변에 지낼 만한 곳이 전혀 보이지 않았기 때문일지도 모른다. 멀리서 양치기의 개들 중 한 마리가 짖는다.

양치기는 몇 걸음을 옮겨, 외국인인 오토바이 남자를 지나치며 고개도 돌리지 않고 어깨 너머로 말한다. 멀리? 멀리 가시나?

멀리요! 오토바이 남자가 말한다.

아마 양치기는 보름 혹은 그 이상의 시간 동안 말을 한마디도 하지 않았을 것이다. 두 남자 모두 얼른 무슨 말을 해야 할지 모른다. 잠시 가늠해 본 후, 둘이서 동시에 큰 소리로 말한다. 말을 하는 동안 둘은 이탈리아어와 프랑스어, 혹은 두 사람이 원칙적으로는 공유하고 있을지도 모르는, 산악 지역 사투리로 더듬거린다. 그들은 각각의 단어를 던져 보고, 가끔은 반복해 말하기도 한다. 양치기의 개가 반복해서 짖듯이.

그들의 소리, 그 외침과 어설픈 단어들을 한번 번역해 본다.

오늘이 일요일이오? 양치기가 오토바이 남자를 돌아보며 묻는다.

월요일입니다.

일찍 출발하셨소?

일찍이요.

아직 밤이 찬데.

불 안 피우십니까? 장 페레로가 묻는다.

땔감이 없어서.

없다고요?

훔칠 건 좀 있지, 양치기가 말한다.

땔감을요?

아니, 당신 오토바이.

어디로 가십니까?

저 밑에 피네롤로로요.

피네롤로는 멉니까?

피네롤로는 십이 킬로미터요.

피네롤로에 뭐가 있죠?

여자들.

아침 여섯시에요?

치과 의사도 있소!

타시죠. 오토바이 타 본 적 있습니까? 장이 묻는다.

한 번도.

치과에 가 본 적은 있으시고요?

한 번도.

타세요.

안 갑니다.

아파요?

아닙니다.

정말 안 가시게요?

여기서 아프면 그만이지. 멀리 가시나?

피네롤로에 갑니다.

좋소, 양치기가 말한다.

두 남자는 오토바이를 타고 이탈리아로 내려간다. 양치기가 신호
수의 몸을 팔로 감싸 안은 채.

입천장에 기름기가 남아 있어요. 타서 갈색이 된 부분은 바짝 말라 있죠. 매일 아침 저는 눈에 띄는 가장 짙은 갈색의 팽 오 쇼콜라를 골라요. 아빠 커피 만들어 드리고 이제 학교 가는구나! 빵집 아주머니가 말하죠. 엄마가 떠났기 때문에, 제가 아버지와 단 둘이 살고 있기 때문에 그러는 거예요. 저는 초콜릿을 건드려요, 처음엔 이로, 그리고 서서히 혀로 건드리죠. 초콜릿은 촉촉해요. 마실 수 있을 만큼 촉촉하지는 않아서 삼켜야 해요. 하지만 빵에 비하면, 분명 더 촉촉해요. 비결이라면 처음 초콜릿은 그대로 삼키고, 혀로 우윳빛 빵에 골고루 바를 수 있을 만큼 남기는 거예요. 빵 전체에서 초콜릿 향이 날 수 있게요.

두 사람은 피네롤로의 다리 옆에서 멈춘다. 양치기가 내리고, 말 한마디 없이 손만 흔들어 보이고는 카페 안으로 사라진다. 도로는 강을 따라 이어지고, 햇빛은 버드나무 잎의 아랫면을 은빛으로 물들이고, 수면이 반짝이고, 송어잡이 그물을 던지는 어부들이 있고, 장페레로는 계속 달린다. 무릎을 연료 탱크에 꼭 붙인 채.

카시오네 강은 롬브리아스코를 지나자마자 상류에서 포 강에 합류한다. 마을 주민들은 물소리에 너무 익숙해져서, 한밤중에 두 강물이 댐으로 막히기라도 하면 갑자기 잠에서 깨어 자신들이 죽은 줄만 알 것이다. 운전자와 오토바이가 지나간다. 마치 하나의 생명체처럼 서로에게 익숙해진 둘은, 수면 위로 낮게 나는 물총새처럼 매끄럽게 움직인다.

점심시간에는 카푸치노를 마셔요. 어느 날이든 오후 한시 사십오분에 G. 카르두치 골목에서 저를 보실 수 있습니다. 모데나에 온 지는 열여덟 달이 지났어요. 마치 열여덟 달 전에, 누군가 제가 자고 있는 동안 모단(MODANE)과 모데나(MODENA)의 두 글자를 바꿔치기 한 것만 같아요. 새로운 도시를 찾은 거죠. 저는 프랑스어 억양의 이탈리아어로 이야기해요. "단어들이 노래하지 않고 탭댄스를 추는 것 같군요!"라고 사람들이 말하죠. 여기 모데나에서는 트랙터와 스포츠카를 만들고 체리 잼을 엄청나게 많이 만듭니다. 이곳이 마음에 들어요. 저는 순진하지 않아요. 여기 사람들도 마찬가지고요. 우린 모두 살구 크기는 오 센티미터가 넘으면 안 된다는 걸 알고 있죠! 모데나에서, 그해 체리 가격을 결정하는 시기에 누군가 지나치게 빡빡하게 굴면, 권총에 맞아 죽을 수도 있어요. 그래도 저는 이곳 밤거리를 돌아다니며, 온갖 종류의 행복을 상상하고 가로수 뒤편을 살피죠.

하늘은 이른 아침의 파란색이고 나무 꼭대기에 하얀 구름이 낮게 내려와 있다. 길은 직선 도로다. 신호수는 시속 이백 킬로미터로 질주한다.

베로나에서 전시회가 있다고 해서, 마렐라와 저는 가 보기로 해요. 전시장 밖에 붙은 포스터에 여인의 옆얼굴이 있었죠. 목이 대단했어요! 세상에서 가장 섹시한 기린이네, 마렐라가 말해요. 또 다른 포스터에서는 이집트인들이 치마를 묶는 법을 알아볼 수 있었죠.

어쨌든 일요일이라서 공짜야, 마렐라가 말했어요. 이집트인들은 왼쪽 엉덩이 위로 치마를 묶었네요. 전시장으로 들어가요. 저는 모든 전시물을 살피죠. 마치 그들이 옆집에 사는 이웃이라도 되는 것처럼요. 거리에서 본 숫자가 말도 안 되는 것 같아요. 그 사람들은 기원전 3000년이고 우리는 기원후 2000년이지만, 그래도 그들은 이웃이에요. 그들이 살던 집의 모형을 발견해요. 주방, 욕실, 거실, 마차를 넣어 두던 차고까지.

벽에는 몸이 들어갈 만한 벽감이 있어요. 어깨, 허리, 엉덩이, 허벅지에 딱 맞는…, 마치 스펀지케이크를 굽는 양철 틀 같지만, 이 벽감은 아름다움을 고스란히 지니고 있는 몸을 위한 거예요. 비밀처럼 지켜지는 몸들. 그들은 그렇게 뭔가를 지키기를 좋아했어요, 이집트인들은요. 저기 한번 들어가 보자, 마렐라가 말해요, 그러면 사람들이 너를 벽으로 만들어 줄 거야! 천천히 보고 있어, 니농, 가서 아이스크림 먹고 있을게! 한 시간 안에 네가 안 나오면 미라가 든 관 안으로 찾으러 갈게!

근사한 죽음인 것 같아요! 꼬투리 안의 콩처럼 관 안에 몸을 누이지만, 콩깍지가 아니라 갓 태어난 아이의 머리칼처럼 부드러운 솜털에 둘러싸이는 거예요. 광을 낸 목재(아카시아 나무라고 하더군요) 안에 편안하게 누우면, 그 위에 그려진 연인들의 신이 영원히 내게 입을 맞추고 있는 거죠. 그들은 아무것도 놓치지 않았어요. 심지어 고양이를 위한 관도 있어요. 그리고 그 조각상들의 걸음걸이는 또 어떤지! 조각상들은 관람객을 정면으로 바라보죠. 우물쭈물하는 것도 없고, 팔을 들고, 허리를 살짝 굽히고, 손바닥을 앞으로 향하고 있어요. 남자들과 여자들. 만약 부부인 경우에는 여자가 남자의 몸에 팔을 두르고 있죠. 그들은 앞으로 나아가는 거예요. 가끔씩 아주 조금 뒷걸음치기도 하지만, 절대, 절대 뒤돌아서서 떠나지는 않아요. 이집트에서는 뒤돌아서는 일이 없어요. 떠나는 일도, 헤어지는 일도 없죠.

직접 한번 해 봅니다. 먼저 오른발을 살짝 내밀고, 등은 꼿꼿이 세우고, 턱을 들고, 왼팔을 올리고, 손바닥이 정면을 향하게 하고, 손가락 끝을 어깨 높이에 맞추고….

갑자기 저를 향한 시선을 느끼며, 동작을 멈춰요. 그 시선은 저의 왼쪽 어깨 뒤에서 오는 것임을 느낄 수 있어요. 사오 미터 떨어진 곳이고, 그보다 멀지는 않아요. 남자의 시선이 확실하고요. 저는 이집트인보다 더 가만히 자세를 유지하고 있어요.

다른 관람객들이 제 뒤의 남자를 쳐다봅니다. 그들은 저를 먼저 봤지만, 제가 이집트인의 동작을 따라 하고 있다고 생각했기 때문에, 그리고 제가 꼼짝도 하지 않았기 때문에 크게 불편해하지는 않아요. 그런 다음 관람객들은 제 뒤의 남자를 쳐다보는데, 뚫어지듯 노려보죠. 사람들은 제가 움직이지 않는 게 그 남자 때문이라고, '그를' 비난하는 거예요!

그만해, 이 쌍놈아! 남자를 욕하는 여인의 목소리가 들려요. 웃음이 터져 나오려 해서 저한테는 가장 힘든 순간이에요. 미소는 지을 수 있지만, 웃을 수는 없어요. 키득거리는 건 말할 것도 없고요.

시선이 옮겨 갔다는 걸 느낄 수 있을 때까지 움직이지 않아요. 유리 진열장에 비친 모습을 보고 제 뒤에 남자가 없다는 걸 확인해요. 그는 옆 전시실로 갈 수밖에 없었죠. 그제야 저는 이집트인 놀이를 멈춰요.

그 남자를 한번 봐야겠다고 생각해요. 옆 전시실에는 원숭이 다섯 마리가 전시되어 있죠. 실물 크기의 대리석 개코원숭이가 거기 앉아서 햇볕을 쬐고 있어요. 해가 지고 있고, 매일 저녁 녀석들은 늘 똑같은 바위에 앉아 해가 지는 광경을 지켜보는 거라고 생각해

요. '어떤 남자'가 선글라스를 쓰고 어깨에 카메라까지 메고 있어
요. 선글라스 안쪽의 눈은 보이지 않네요. 그런데, 고대 이집트에서
왜 선글라스를 썼을까요?

전시장을 나와 마렐라가 있는 아이스크림 가게로 가던 중에, 그
남자가 회전문을 통과해 숨을 헐떡이며 저를 쫓아와요.

그쪽 이름이 네페르티티예요? 남자가 묻죠.

제 이름은 니농인데요.

저는 루이지입니다. 거리에서는 그냥 지노라고 하고요.

즈데나는 또각또각 구두 소리를 내며 지하실 계단을 내려간다. 십 년 전, 그녀는 비밀 출판물을 구하기 위해 스타차노프스카 거리의 지하실을 찾아가곤 했다. 오늘은 계단 아래 지하실에서 한 남자가 휘파람을 불고 있다. 그녀가 노크를 하자 휘파람이 멈춘다.

누구시죠?

즈데나 홀레체크예요.

들어오세요, 시민.

그녀는 '시민'이라는 단어가 공식적인 호칭으로 불리는 걸 들어본 적이 없다. 국경이 개방된 후로는 그랬다. 그녀는 좋지 못한 농담을 들었다는 듯 코를 찡긋하고는, 목수의 작업장 문을 연다. 널찍하고 조명이 밝은 곳이다. 벤치에 파란색 작업복 차림의 남자 두 명이 앉아 있다. 나이가 많은 쪽 남자는 시계공들이 쓰는 외눈 안경을 고무줄에 묶어서 머리에 두르고 있다.

제 지인이, 즈데나가 말한다, 여기서 새 울음소리 피리를 만들어

50

주신다고 하던데요.

앉으세요. 저희가 새 울음소리를 만듭니다, 나이 든 남자가 말한다. 현재 서른세 종류가 있습니다.

혹시 지빠귀 소리도 있을까요?

어떤 지빠귀를 생각하고 계신가요? 겨우살이개똥지빠귀나 흰눈썹지빠귀? 아니면 푸른목지빠귀나 붉은날개지빠귀로 원하시나요?

지금 가로수에서 울고 있는 저 지빠귀 소리요.

저희가 이 악기를 만드는 이유는 알고 계시죠, 시민? 해당 종을 유인해서 사냥하거나 죽이는 데 사용하시면 절대 안 됩니다. 모든 고객님께 이 점을 분명히 말씀드리고, 상자마다 "이 새소리 악기는 새들과 대화를 하는 데만 사용하겠습니다!"라는 문구도 넣고 있어요. 저는 예전에 철학도였고, 여기 마렉은 재즈 연주자였습니다. 오랫동안 생각한 후에, 저희는 새 울음소리를 만드는 것이 이 세상에서 할 수 있는 가장 덜 해로운 일이라는 결론에 도달했죠.(동시에 저희가 생계를 유지할 수 있게 해 주기도 하고요.)

많이 팔리나요?

전 세계로 수출합니다, 젊은 쪽인 마렉이 말한다. 다음에는 뉴질랜드의 키위새를 시도해 볼 예정이에요. 그렇게 말하는 마렉의 눈에는, 환상이 스며 있다. 슬로바키아에서 지빠귀 개체가 줄어들고 있어요. 알고 계셨습니까, 시민?

제 딸에게 주려고요.

두 가지 모델이 있는데, 하나는 그냥 지저귀는 소리이고, 다른 하나는 멜로디가 있습니다.

들어볼 수 있을까요?

파란색 작업복 차림의, 과거에 철학도였다는 남자가 선반으로 가서 미닫이식 뚜껑이 달린 작은 수제 나무 상자 두 개를 가지고 온

51

다. 남자는 상자를 열어 즈데나에게 건넨다. 상자 안의 도구는 (계란 컵만 한 크기다) 고무주머니가 달린 작은 자동차 경적과 관장약을 넣는 기구를 십자가처럼 교차시킨 모양이다. 고무주머니 반대편에는 플루트처럼 구멍이 뚫린 철제 관이 붙어 있고, 관 안에서 철제 떨림판이 움직이게 되어 있다.

왼손으로 잡으시고, 시민, 오른손으로 주머니를 누르시면 됩니다.

즈데나는 가방을 의자에 내려놓고 소리를 내기 위해 자리에서 일어난다. 오른손 손바닥을 고무주머니에 대고 누르자, 공기가 철제 관을 지나면서 지빠귀 부리에서만 나올 수 있을 것 같은 지저귐이 울려 퍼진다. 그녀는 주머니를 반복해 누르며 눈을 감는다. 눈을 감고 들어 보면, 나처럼, 그 소리가 진짜임을 알 수 있다. 그 소리는 정말 지빠귀의 성대에서, 후두에서 나오는 것만 같다.

그 사이 마렉이 다른 악기를 상자에서 꺼낸다. 이번 것은 작은 와인 잔처럼 생겼는데, 잔 손잡이에서 주둥이까지 이어지는 날씬하고 옴폭한 관을 제외하고는 모두 단단한 나무로 만들어졌다. 마렉은 자신의 커다란 손에 악기를 올려놓고 손잡이 부분에 입술을 갖다 댄다. 그 소형 공기관에 숨을 불어넣는지 빨아들이는지는 알 수 없지만, 이내 그 숨은 새의 촉촉한 노래가 된다. 즈데나는 손을 허공에 뻗고 눈을 감은 채, 그대로 멈춘다. 마렉이 잠시 쉰다. 즈데나가 검은 고무주머니를 다시 누른다. 마렉이 대답한다. 그렇게, 스타차노프스카 거리의 지하실에서, 지저귐과 떨리는 멜로디로, 마렉과 즈데나는 지빠귀 이중주를 시작한다.

왜 따님에게 이걸 주시려는 걸까요? 연주를 멈췄을 때 시계공 안경을 쓴 남자가 묻는다.

매일 아침 저희 집 앞에 있는 나무에서 지빠귀가 우는데, 선생님들의 발명품이, 어떻게 말하면 좋을까요, 제 딸아이의 머릿속에 있는 지빠귀에게 말을 걸어 주면 좋을 것 같아서요.

편안하게 해 드릴 겁니다. 그게 저희가 이 악기를 만드는 이유니까요….

니농, 좀 걸어요, 지노가 제게 말해요. 우리는 그레차나 쪽으로 걸어가요. 지노는 아무도 모르는 길들을 알고 있습니다. 정말 신기하죠. 그는 고속도로를 한 번도 건너지 않고도 한 도시에서 다른 도시로 갈 수 있거든요. 나중에 저는 그의 얼굴과 그 기다란 코 때문에 산토끼라고 불렀는데, 제가 옳았어요. 그는, 다른 사람들은 찾기는커녕 보지도 못하는 길을 알고 있으니까요. 그날은 그가 저를 만지지 않았어요. 종종 둑을 내려가거나 나무 아래를 지날 때 손을 잡아주기는 했죠. 그는 이전에 남자들이 제게 한 번도 보여 주지 않았던 행동들을 했어요. 그는 자제하고 있었어요. 원숭이들이 하는 짓과는 정반대죠. 원숭이들은 다 망치고 다니잖아요. 그는 자신의 악기를 꼭 쥔 채 온몸으로 그 악기를 감싸고 있는 색소폰 연주자 같았어요. 지노는 사이프러스가 자라는 베로나의 햇빛 아래에서, 아무런 악기도 없이 그렇게 했던 거예요. 그런 모습 때문에 제가 그를 만지고 싶었지만, 참았습니다.

평원은 초여름이다. 풀은 녹색이고 어리다. 도로가 포 강에 가까워
질 때마다 강은 점점 더 넓어진다.

이곳 그리스에서 섬들 사이의 바다는 다른 모든 것보다 오래 남
는 무언가를 떠올리게 한다. 그곳 평원의 담수는 다르다. 포 강은,
한데 모여서 점점 불어나는 동안(일정 시점이 지나면 모든 큰 강은
더 많은 물을 끌어모은다), 그 무엇도 변화를 피해 갈 수 없음을 강
요한다.

도로 가장자리에 양귀비가 자라고 있다. 늘어선 버드나무들이 강
의 경계를 알려 주고, 부드러운 바람은 그 꽃들을 마치 베개 안의
솜털처럼 도로 건너편으로 날려 준다.

그러는 내내 땅은 점점 더 평평해지고, 나이 든 여인의 손끝에서
펴지는 테이블보처럼 주름도 사라진다. 여인은 다른 손으로 접시와
나이프와 포크를 들고 있다. 땅이 점점 더 평평해지면서 거리감도
늘어나고, 인간은 아주 작게 느껴진다.

신호수는 오토바이를 빠르게 몬다. 발뒤꿈치를 들고, 팔꿈치를 구부리고, 손목의 긴장을 풀고, 허리 부분을 연료 탱크에 밀착시킨다. 어쩌면 이른 아침의 햇빛 덕분에 모든 것이 또렷이 보이면서, 속도에 대한 욕심이 생겼는지도 모른다. 하지만 그의 모습을 그려 보면, 바다에 이르는 것이 강의 본성이듯, 속도를 꿈꾸는 것은 남자의 본성임을 알 수 있다. 속도는 인간이 신의 것으로 여긴 최초의 특성들 중 하나다. 그리고 여기, 아직 교통 정체가 시작되기 전의 화창한 아침에, 커다란 강 옆에서 장 페레로는 마치 신처럼 오토바이를 몰고 있다. 시선을 조금만 돌리면, 손가락을 움직이고 어깨를 조금 틀기만 하면, 조금도 힘들이지 않고, 그 어떤 인간적인 지체도 없이, 그 효과를 기계에 전달할 수 있다.

그 오두막은 지노의 친구 마테오 거예요. 마침 마테오가 없어서 우리가 쓰기로 합니다. 지노가 열쇠를 가지고 있어서 들어갈 수 있어요. 아디제 강 제방 근처의 평원에 위치한 곳이에요. 자동차를 파는 마테오는 하루나 이틀 쉴 때 온다고 하더군요. 내부는 체육관 같아요. 펀치 볼, 줄에 널어놓은 버뮤다 반바지, 한쪽 벽에 설치된 평행 봉, 오디오, 모퉁이에 놓인 매트리스가 있고, 벽에는 잡지에서 오린 권투선수 사진이 열 장 정도 붙어 있죠.
　저는 무릎을 꿇고 앉아 사진들을 살펴봤어요. 지노는 음악을 틀고 창틀이 나무로 된 작은 창에 레이스 커튼을 치고 옷을 벗기 시작했죠. 우리 둘 다 처음이었고, 어린이처럼 놀았어요. 그는 절벽에서 막 다이빙을 하려는 남자처럼 서 있었는데, 양 무릎을 꼭 붙이고, 아주 집중하고 있었죠. 가끔씩 저를 쳐다보며, 이제 곧 묘기가 펼쳐질 것임을 알려 주려 했어요. 제가 그 묘기였고, 그는 저 또한 그것을 지켜보기를 원했던 거죠! 권투선수에 비하면 그의 몸은 막대기처럼 앙상했어요. 팔다리가 눈에서 곧장 시작되는 것 같더라고요. 저는 그를 산토끼라는 별명 대신 눈알이라고 부르기 시작했어요. 손톱으로 그를 어디까지 움찔거리게 할 수 있는지 보여 줬죠. 얼마나 오랫동안 그렇게 약 올렸는지 모르겠어요. 마침내 우리는 사랑을 나눴습니다. 기억하는 건 제가 위에 있었다는 것, 우리가 서로의 이름을 점점 더 자주 불렀고, 그러다 갑자기 커다란 나무가 쓰러질 때처럼 획 하는 소리가 들렸고, 사방에 햇빛이 가득했고, 제가 눈을 감고 굴러 쓰러졌다는 것뿐이에요. 눈을 떴을 때 저는 등을 바닥에 대고 누워 있었는데, 우리 발밑에 열매가 가득 달린 사과나무가 있었어요. 제 눈을 믿을 수가 없어서 그의 손을 더듬어 찾았죠. 그의 손을 잡자 지노가 웃음을 터뜨리며 저를 일으켜 앉혔어요. 그제야, 부서진 회색 판자를 보고서 무슨 일이 있었던 건지 알았습니다. 오두막 한쪽 벽이 쓰러진 거였어요. 권투선수 사진들이 풀밭 위에서 하늘을 향하고 있었죠. 제가 자꾸만 벽을 발로 밀었다고, 지노가 말해 줬어요.(그의 웃음소리가 햇빛과, 그가 하는 말과 마구 섞여서 들렸죠.) 몸을 더 들어 올리려고 그렇게 벽을 밀어 대다가, 결국 벽이 쓰러져 버렸다고요. 사과 좀 봐, 니농! 그가 그렇게 말하며 하나를 내밀었고, 저는 발가벗은 채 무릎을 꿇고 앉아서, 언젠가 그림에서 봤던 여자처럼 사과를 쥐고 있었죠. 아, 지노. 그 그림이 이브의 그림은 아니었어요.

인쇄된 글자나 조명이 들어오는 글자, 어마어마하게 큰 그 글자들을 보면 그곳이 도시임을 알 수 있다. 수 킬로미터를 지나는 동안 제품이나 서비스, 즐거움, 어떤 이름을 약속하는 단어들이 서로 충

돌하면서 이어진다. 어떤 글자는 너무 커서 보는 이의 귀를 먹게 할 것처럼 보인다. 그 글자들은 몰려드는 자동차들 사이에서 굉음을 낸다. 장 페레로는 글자들을 피해 이리저리 움직이며 달린다. 어떨 때는 글자들 아래를 지나고, 어떨 때는 두 글자 사이를 지나거나 어떤 구호의 모퉁이를 돌기도 한다. 보슈(BOSCH), 이베코(IVECO), 방카 셀라(BANKA SELLA), 졸라(ZOLA), 아지프(AGIP), 모도(MODO), 이알지(ERG).

교통이 혼잡하다. 그는 두 차선을 오가며, 차선들 사이로 달린다. 그러는 내내 뭔가를 읽고 있다. 그는 다른 운전자들이 오 초 후에 무엇을 할지를 알려 주는 신호들을 읽는다. 운전자들이 머리에 손을 대고 있는 모습, 창문에 팔을 걸친 모습, 손가락으로 자동차 몸체를 두드리는 모습 같은 것들. 그런 다음 그는 가속을 하거나 브레이크를 밟고, 뒤로 빠지거나 앞으로 치고 나간다. 평생 신호수로 일해 온 그였다.

아빠가 저에게 과학 원리들을 설명해 줬어요. 모든 건 몸을 어떻게 기울이느냐의 문제죠. 바퀴가 달린 뭔가가 모퉁이를 돌거나 방향을 바꾸려고 하면 원심력이 작동하는 거라고, 아빠는 말해요. 이 힘이 기울어진 우리의 몸을 다시 곧바로 세우려고 하는 거라고, 항상 에너지를 그대로 유지하려는 관성의 법칙에 따라 그렇게 되는 거라고요. 모퉁이를 도는 상황에서는, 곧바로 선 것들이 에너지를 되도록 쓰지 않으려고 하기 때문에 싸움이 시작돼요. 우리 몸을 안쪽으로 기울이면서, 오토바이의 무게 중심을 이동시키고 원심력과 관성의 법칙에 맞서는 거죠! 허공의 새들도 똑같은 행동을 해요. 다른 점이라면 새들은 (아빠의 말에 따르면) 여행을 하려고 하늘에 있는 게 아니라는 거죠. 새들은 거기 사는 거예요!

차들이 멈춰 있다. 신호수는 멈춰 선 자동차들 사이로 길을 헤치고 나아간다. 어디든 지나갈 수 있을 만큼 넓은 틈을 찾으면서, 어떨 때는 왼쪽의 중앙선 쪽으로, 어떨 때는 인도에 가까운 오른쪽으로 움직인다. 그렇게 조종하며 오토바이를 끌고 간다. 안개와 배기가스의 장막이 도시 위에 내려앉아 해를 가리고 있다. 그가 속도를 줄이면서 모터가 과열되어 전기 냉각 시스템이 자동으로 작동된다. 긴 자동차 행렬의 맨 앞에 이르자 정체의 원인을 알 수 있다. 한 남자와 아이, 그리고 개 한 마리가 도로를 따라 흰색 암소 떼를 몰고 있다. 소들은 항복하고 무장해제를 당한 병사들처럼 앞 녀석의 꽁무니를 따라 한 줄로 걸어간다. 그때 반대편에서 전차 한 대가 경적을 울리며 나타난다. 메르세데스를 탄 남자가 욕을 하며, 도살장을 토리노에서 훨씬 떨어진 외곽으로 옮기지 않은 것이 문제라고 투덜댄다. 장은 재킷의 지퍼를 내린다.

지노가 금도금을 한 거북이 모양 반지를 줬어요. 매일 어느 방향으로 반지를 낄지 결정합니다. 거북이가 집으로 돌아오는 방향으로, 저를 향해 헤엄쳐 오도록, 그러니까 머리가 제 손목을 향하게 낄 수도 있고, 아니면 반대로, 거북이가 세상을 만나러 나가는 방향으로 낄 수도 있죠. 반지에 쓴 금속은 금보다 가볍고, 흰빛이 많이 나는 노란색이에요. 이 반지는, 지노의 말에 따르면, 아프리카에서 온 거라고 합니다. 파르마에서 발견했대요. 오늘 저는 거북이와 함께 세상을 만나러 헤엄쳐 나갈 거예요.

아스클리피우 거리에 내가 머리를 자르러 가는 가게가 있다. 건물 밖에는 '쿠레이온(Κουρεῖον)'이라고 적혀 있다. 이발소라는 뜻이다. 그리고 '압세 스비세(Αψε σβησε)'라는 문구도 있다. "말하자마자 됩니다." 두 남자와 의자 두 개, 그게 전부다. 사진도 없고, 잡지도, 조명도 없다. 심지어 거울도 쓰지 않는다. 대신, 믿음이 있다. 출입구는 먼지가 날리는 도로 쪽으로 나 있는데, 대형 트럭들이 지나다닌다. 가위질 속도만 놓고 보면 아테네에서 이 두 이발사를 따라갈 사람은 없다. 머리카락을 자를 때든 아니든, 가윗날이 늘 움직이고 있다. 절대 멈추지 않는다. 언제나 둘 중 한 명은 허공에 가위를 치켜들고 싹둑싹둑 소리를 낸다. 그들은 의자 주위를 돌지 않는다. 같은 자리에 서서 손님이 앉은 의자를 돌린다. 면도칼을 들 때면 머리가 움직이지 않게 손가락 하나로 지그시 누른다. 거기 앉아, 내가 좋아하는 이발사가 나의 머리를 짧게 깎아 주는 동안, 가윗날 스치는 소리와 대형 트럭 지나가는 소리 사이로, 나는 한 남자의 웃음소리를 듣는다.

농담에서 나오는 웃음이 아니라, 몸에서 나오는 웃음소리다. 노인의 웃음소리. 언급되고 있는 단어들의 어깨를 감싸 주는 망토 같은 웃음소리. 노인이 묻는다. 저기 사진 보이시죠? 제 아들 지노입니다. 보시다시피 배를 타고 있죠. 제 아들일 거라고 예상하셨나요? 오래된 바위에서 떨어진 파편처럼 저랑 판박이죠. 전기톱이 나오기 전에 하던 옛날 말이지만요. 몸이 곧습니다, 저보다 곧죠. 네, 맞습니다. 더 날씬하기도 하고요. 쉽게 쉽게 살아서 저렇게 곧은 건데, 앞으로도 저렇게만 지내게 해 달라고 제가 기도하고 그럽니다. 고난은 사람을 뒤틀리게 하고, 몸에 옹이를 만드니까요. 물론 제 아들도 자기만의 비밀은 있겠지요. 제가 녀석의 속을 들여다볼 수는 없지만, 큰 걱정거리는 없어 보입니다. 심각한 걱정거리는요. 그래서 닻이 필요하시다고요? 저 정도 크기로요? 어디에 쓰실 건지 여쭤 봐도 될까요? 디스코텍 이름 중에 '황금 닻'이 있더군요.(웃음) 몇 개 있지만 좀 걸어가야 합니다. 어느 것이든 금색으로 칠하시면 되고요. 저기 보일러들 뒤에, 타이어 더미 왼쪽에 있습니다. 가시죠. 말씀드리자면, 저는 녀석이 공부를 더 할 줄 알았거든요, 제 아들 지노요. 그런데 아니더군요. 소변기는 필요 없으신가요? 녀석은 일곱 살 때부터 혼자서 낚시를 했습니다. 여덟 살 때는 혼자 배를 조종할 수도 있게 되었죠.(배에 다른 사람은 없었다는 뜻입니다.) 요즘 아들은 매주 화요일과 목요일에 피카르도에 가서 포 강에서 낚시를 합니다. 아니요, 주말에는 하지 않고요. 장사를 하거든요. 토요일엔 페라라, 일요일엔 모데나, 수요일엔 파르마에서요. 욕조는 필요 없으신가요? 꼼꼼한 녀석인데, 아마 그것도 저를 닮아서 그렇

60

겠죠. 고물 장사는, 아시겠지만, 꼼꼼함이 전붑니다. 꼼꼼함과 넉넉한 부지, 그리고 어디서 뭐가 나오는지를 알아보는 능력이요. 뭐든 제대로 알아보고 같은 것들끼리 함께 둬야 하니까요. 지노는 전자 회사 쪽으로 갈 수도 있었지만, 문제가 있었어요. 녀석이 실내에서 일하는 걸 못 하거든요. 사방이 모두 벽인 곳은 녀석에게 감옥이나 다름없습니다. 제 사무실(작은 배를 타고 있는 지노 사진이 걸린 그 사무실요)에 올 때도, 녀석은 삼 분 이상을 머무르지 못하죠. 녀석은 말하자면 옆 마을 종소리에 늘 귀를 기울이는 그런 아이였습니다. 그것도 고속도로가 생기기 전의 말이지만요. 그래서 부업을 시작했고, 시장들을 돌아다닙니다. 장사는 잘해요. 공동묘지 앞에서 축제용 색종이 조각이라도 팔 수 있을 놈이라니까요.(웃음) 네, 녀석은 의복 장사를 합니다. 옷이요. 자, 여기 닻 있습니다. 저기 제일 큰 건 등대선에서 쓰던 거예요. 얼마냐고요? 현금으로 하시면, 사천이백만입니다. 비싸다고요? 사람들은 정작 본인이 물건을 살 때는 싸게 산다는 생각을 못 하죠. 주변에 물어보세요. 모두 같은 이야기를 할 겁니다.(페데리코는 장사에 관심이 없다고요. 물건을 그냥 내준다고.) 사천이백만입니다.

토리노의 비토리오 에마누엘레 다리 근처에, 개 한 마리가 선착장의 어부 옆에 서 있다. 장 페레로는 다리 위 도로에서 그 둘을 바라본다. 오토바이는 인도 옆에 세워 두고, 장갑과 헬멧은 기대고 있는 석조 난간 위에 내려놓았다. 해는 없지만, 공기는 후텁지근하고 난간의 돌이(오랫동안 열어 둔 병에 든 모과 젤리 빛깔이다) 열기를 그대로 받아들이고 있다.

조심하세요, 어떤 여인이 말한다, 떨어지면 안 되잖아요.(여인은 그의 헬멧을 살짝 만져 본다.) 그렇죠?

그녀의 이탈리아어는 가락이 있고 아주 묵직해서, 그 말은, 아무리 평범한 단어들이라고 해도, 성경에 나오는 말처럼 들린다.

"여호와 하느님이 에덴 동산에서 그를 내보내어 그의 근원이 된 땅을 갈게 하시니라."(「창세기」 3장 23절—옮긴이)

헬멧에 놓인 손도 그 목소리와 어울린다. 그런 섬세한 손은 종종 빛나는 머리칼, 거의 상처에 가까운 예민한 피부, 그리고 강철 같은 의지와 어울린다.

강에 떨어지면 못 쓰게 돼요, 그녀가 말한다, 너무 더럽고 오염돼서.

그녀는 천사 같은 손으로 난간 위의 헬멧을 계속 두드린다.

인간들이 망친 거예요, 그녀의 목소리가 계속 들린다, 우린 모든 걸 망치기만 하죠.

그녀의 옷은 지저분하고 낡았다.(시장에서 팔고 남은 것들을 뒤지는 여인들이 따로 빼놓은 옷들 같다.) 립스틱도 칠했다. 크게 눈에 띄지 않는 색이지만 엉망으로 발라서, 마치 그녀는 자신의 그 섬세한 손으로 하는 동작들을 알아보지 못하는 것만 같다.

할 수 있는 일이 거의 없어요, 그녀가 말한다, 할 수 있다고 생각되는 일만으로는 절대 충분하지 않죠. 그래도 계속해야만 해요.

언젠가 집을 한 채 가질 거예요. 이 죽음의 골짜기에 있는 집은 아니에요. 모든 창문에서 바다를 볼 수 있는 집이면 좋겠어요. 니농의 집. 어딘가 그런 집이 반드시 있겠죠. 파란 바다가 아니라, 은빛 바다예요. 클레어 아주머니 집처럼 테이블이 있는 주방도 만들어서, 창문 앞에서 채소를 다듬을 거예요. 그 주방에는 배나무로 만든 찬장도 있어요. 지금 우리 집 아래층에 있는 것과 비슷하겠지만, 내용물은 다르죠. 오래된 영수증이나 사진, 오토바이 배터리, 너무 예뻐서 정작 사용하지 않는 접시들 같은 건 없을 거예요. 제가 가지게 될 집의 찬장에는 아주 예쁘고 실제로 사용도 하는 접시들을 넣어둘 거예요. 그리고 그 위의 선반에는 무거운 유리병들을 올려놓고요. 병마다 아주 두꺼운 코르크 마개도 있어요. 어쩌면 어부들이 그물을 물 위에 띄울 때 쓰는 코르크를 몇 개 줄지도 모르죠. 그리고 저는 매일 아침 침대에 누워, 창밖으로 그 어부들이 배 위에서 그물을 끌어올리는 모습을 보는 거예요. 제 유리병에는 설탕과 빵가루, 커피, 두 종류의 밀가루와 말린 누에콩, 콘플레이크, 코코아, 꿀, 소금, 파르메산 치즈, 그리고 아빠가 오실 때를 대비해서 블루베리 과실주를 담아 놓으려고요.

삶이 거기 달린 거예요, 난간 옆의 나이 든 여인이 계속 말한다. 그 누구도 멈출 순 없죠. 여기서 뭔가를 얻고, 저기서 뭔가를 가져오고, 아침에 눈을 떴을 때 새로운 생각이 떠오르지만, 갑자기 그건 오래전에 시도해 봤다는 걸 알게 돼요. 그렇게 집에 돌아가서는, 가지고 온 것을 냉장고에 넣겠죠. 매일 그렇게 계속하는 거예요. 저기 아래 개와 같이 있는 남자 보이세요?

네.

저기 개랑 같이 있는 남자가요, 제 남편이에요. 두번째 남편. 남편은 피아트에서 일하죠. 저랑 결혼한 게 남편한테는 아무 도움이 안 됐어요. 제가 남편을 망쳐 버렸어요.

장 페레로는 몸을 돌리고, 가죽 재킷을 벗어 난간에 걸쳐 둔다. 여름의 열기가 시작되고 있다. 날씨는 오락가락할 것이다. 시원해지다가, 더 뜨거워지고, 사나운 바람과 함께 폭풍우가 몰려오고, 탁한 하늘 아래 노곤한 날이 며칠 동안 이어지겠지만, 알프스 남서쪽에서 열기는 석 달 동안 계속 이어질 것이다. 덕분에 미래에 대한 불안은 줄어든다. 절망, 특히 지루함에서 온 절망이나 피로에서 온 치명적인 분노가 생길 수도 있다. 하지만 뭔가 다른 미래가 닥칠 것 같은 위협은 줄어든다. 매일매일이 크게 다르지 않은 다음날로 이어진다.

재킷은 벗고 다니는 게 좋을 거예요, 여인이 난간에 걸쳐 둔 그의 재킷을 만지며 말한다. 질이 좋네요!

장 페레로의 셔츠에는 땀자국이 있다.

남편이 좋아하는 걸로 채워 주려고 해요. 냉장고 말이에요. 아니면 남편이 좋아했던 거라고 해야 할까요, 그녀가 말한다. 남편을 놀라게 해 주고 싶어요. 그게 남편을 미소 짓게 하는 방법이니까. 매일 무언가를 채워 넣어요. 여행 가방 싸는 일이랑 비슷하죠. 아주 작은 냉장고여서, 그걸 채우는 일은 거의 예술에 가까워요. 이동식 주택에서 떼어 온 물건인데, 그 주택은 폐기됐어요. 남편을 위해 냉장고를 어떻게 채울 것인가, 그게 제 일이죠.

젊은이 세 명이 보도에 세워 둔 오토바이를 보며 감탄한다.

죽이는데!

시속 삼백 킬로미터야!

그 정도까진 안 되겠지, 아무튼 예쁘네.

무게가 얼마나 나갈까?

무거워.

무겁고 빠르지.

쌍 헤드라이트 좀 봐.

번쩍번쩍하네!

남편이 냉장고를 열어 봐도, 여인이 말한다, 개한테 줄 만한 것밖에 없는 거예요. 식욕을 잃었거든요, 남편이. 개한테 먹일 건 식당에서 얻어 오면 돼요. 하지만 남편에게 줄 음식을 식당 뒷문에서 얻어 온 적은 한 번도(그건 자존심의 문제니까요), 단 한 번도 없어요. 제 손으로 직접 준비한 것만이 남편에게 내놔도 괜찮을 만큼 좋은 것이니까요. 그건 평생의 숙제예요. 언젠가 남편이 아무것도 먹지 못하는 날이 오겠죠. 그렇게 좋아했다던 토르텔리니까지요. 그러면 사람들이 남편을 저쪽 공동묘지에 묻고, 냉장고는 그대로 버리겠죠.

아스클리피우 거리의 이발사는 내 머리가 움직이지 않게 왼손 손가락으로 누른 채, 면도칼로 목 뒤를 면도한다. 나이 든 여인의 목소리가 사라지고, 다른 목소리가 다가온다.

오백 년 전에 말이야, 그 목소리가 말한다, 세 명의 현자(賢者)가 판사 누쉬란 앞에서, 슬픔으로 가득한 삶이라는 바다에서 가장 무거운 파도가 무엇일까를 놓고 논쟁을 벌였거든. 이제야 목소리의 주인공을 알 것 같다. 끼어들기 좋아하는 알렉산드리아의 야리다. 첫번째 현자는 병과 고통이라고 했지, 야리가 계속 말한다. 또 다른 현자는 나이듦과 가난이라고 했어. 세번째 현자는 죽음에 가까워졌는데 할 일이 없는 상황이라고 했지. 결국 세 현자는 마지막이 최악이라는 데 동의를 했어. 죽음에 가까워졌는데 할 일이 없는 상황이라고.

남편은 뭘 잡아 오는 날이 거의 없어요, 난간 옆의 나이 든 여인이 장에게 말한다. 두 번 정도밖에 없었죠. 남편이 제일 좋아하는 게 뭔지 아세요? 알려 줄게요. 레몬 쿠아쿠아레요! 남편은 쿠아쿠아레(토리노 인근 도시 제놀라의 명물인 둥근 모양의 비스킷—옮긴이)를 정말 좋아한답니다.
　　장 페레로는 절대 멈추지 않는 탁한 강물을 가만히 내려다본다.

천사 같은 목소리의 나이 든 여인이 가방을 열며 말한다. 돈이 모자라네요. 육천밖에 없는데, 한 봉지 가격의 절반밖에 안 되거든요. 남편은 블랙커피와 함께 쿠아쿠아레를 먹어요. 낮잠 후에요. 우리가 함께 남편에게 레몬 쿠아쿠아레 한 봉지 사 줄 수 있을까요, 선생님? 우리 둘이서?

신호수는 가죽 재킷의 주머니를 뒤져 여인에게 돈을 건넨다.

제 이름 쓰는 법을 배웠어요. 니농이요. 주방 식탁에 앉아 쓰고 있어요. N은 개의 혀 같아요. I는 새싹처럼 뻗어 나오고, N은 이미 말했고, O는 활이고, N은 N이에요. 이제 이름을 쓸 수 있습니다. NI-NON.

장 페레로는 포 거리의 황토색 아케이드 아래 카페에 앉아 있다. 그의 앞에는 카푸치노와 얼음처럼 차가운 물이 한 잔씩 놓여 있다. 도시에서는 그 한 잔의 물을 제외하고는 아무것도 반짝이지 않는다. 의자에 등을 기댄다. 그는 산악지대를 건너왔다. 어쩌면 그의 할아버지가 재판을 위해 공증인과 함께 토리노에 한 번쯤 왔을지도 모른다. 오늘날 아케이드의 색은 라벨을 여러 번 교체한 오래된 서류 뭉치 같은 색이다. 웃음소리를 들은 그가 고개를 든다. 웃음의 주인공을 찾을 때까지 시간이 좀 걸린다. 여자 웃음소리. 아케이드 안에 있는 것도 아니고, 술집 안도 아니며, 신문 가판대 앞도 아니다. 마치 시골의 풀밭에서 들리는 것 같은 웃음소리. 그때 그녀를 발견한다. 그녀는 건너편 건물의 이층 창문가에서 테이블보 혹은 침대 커버를 털고 있다. 전차가 지나가지만 여전히 그녀의 웃음소리가 들리고, 그녀는 전차가 지나간 후에도 웃음을 그치지 않는다. 더 이상 젊지 않은, 팔뚝이 굵고 머리가 짧은 여인이다. 그녀가 무엇 때문에 그렇게 웃는지는 알 수 없다. 웃음이 멈추면, 그녀는 자리를 잡고 앉아 숨을 고를 것이다.

지노가 저와 사랑에 빠졌어요. 저는 몸을 굽히고 있어요. 몸을 일으키면, 무릎에 주름이 잡히고 그 주름이 미소를 지을 거예요. 저의 몸통은 수수께끼죠. 그건 갈비뼈에서 시작해서, 마치 원피스처럼, 주름 바로 위에서 끝나요. 그를 위해 제가 얼마나 예뻐지고 있는지요.

약한 암모니아와 젖은 머리, 그리고 헤어스프레이 냄새가 난다. 커다란 헤어드라이어 소리와 여인들이 주고받는 단조로운 슬로바키아어 대화가 들린다. 그 여인들 틈에, 즈데나도 있다.

밝게 염색을 할까 해요, 즈데나가 말한다, 전체는 아니고, 여기 내려오는 부분에.

그녀는 검은색 티셔츠와 흰색 바지 차림의 젊은 여성에게 말하고 있다. 위로 빗어 올린 그녀의 검은색 머리칼에는, 흰담비의 몸에 있는 검은색 반점처럼, 여기저기 하얀색이 섞여 있다.

이 정도 색이요? 젊은 여성은 시골에서 올라온 사람의 목소리와 어투로 묻는다.

네, 딱 그 정도로, 즈데나는 그렇게 대답하고 눈을 감는다. 젊은 여성이 커다란 손에 비닐장갑을 낀다.

저는 린다예요, 젊은 여성이 말한다. 저희 가게는 처음이신 것 같은데, 맞죠?

네, 처음이에요.

1991년 이후 브라티슬라바에 새로운 스타일을 선보이는 미용실이 생겨나기 시작했는데, 젊은이들을 제외하고는 모두 충격을 받았다. 국가에서 운영하던 과거의 미용실들은 지저분한 주방 같았고, 모두 파마에만 특화되어 있었다. 새로 생긴 가게들은 자동차 전시장의 세련된 분위기를 흉내내려고 했다.

밤에 파티에라도 가시나요? 린다가 묻는다.

결혼식이 있어서요.

린다는 하얀색 염색약을 첫번째 타래에 아주 신중하게 바르고, 그 위를 은박지로 감싼다.

결혼식이요? 좋으시겠네요. 내일요?

그녀는 대단한 집중력으로 두번째 타래를 염색한다. 암모니아 냄새는 염색약에서 나는 것이다.

내일?

모레요, 이탈리아에서.

제가 가 보고 싶은 나라예요!

머리카락을 은박지로 싼 채, 눈을 감은 즈데나의 모습은 어딘가 달을 상징하는 문양을 닮았다.

이제 비자 없어도 되죠, 그렇죠? 린다가 말한다.

이탈리아는 없어도 돼요.

뭐 입을지는 결정하셨어요?

네, 저희 어머니 드레스요.

어머니 옷!

전쟁 전에 빈에서 맞춘 드레스예요. 연주회에서 입으셨죠.

왼쪽으로 살짝 기울여 주시겠어요? 그럼 선생님도 음악가세요?

아뇨, 저는 아니고, 어머니가 잠시 피아니스트로 활동을 하셨거든요.

어머니 연주 들어 보고 싶네요.

아쉽지만 돌아가셨어요.

좀먹은 데는 없는지 확인하셨어요? 그러니까 드레스요. 머리는 잠시 이대로 둘게요.

짙은 녹색과 금색이에요, 레이스도 있고, 즈데나가 말한다.

그런 드레스가 다시 유행이에요. 저도 결혼할 때 그런 드레스가 있으면 좋겠네요. 제가 정말 결혼을 하면, 선생님 드레스 빌려도 되겠어요.

원하시면.

우리 치수도 비슷할 것 같아요. 지금은 신발 때문에 선생님이 키가 더 커 보이지만요. 이 일을 할 때는 샌들을 신어야 하거든요. 다른 신발로는 견디지를 못해요. 하루 열두 시간 근무라서. 정말, 빌려주실 거예요?

네.

결혼할 남자가 있는 건 아녜요, 어림도 없죠. 자, 이제 기다리기만 하면 돼요. 선생님이 잘하신 거예요. 요즘은 외국에서 결혼하는 게 더 나아요.

후광처럼 반짝이는 은박지를 머리에 단 채 눈을 감고 있는 즈데나를 남겨 두고, 린다는 자리를 뜬다.

제 꼴이 엉망이에요. 지노가 뭐라고 할까요? 봄에 지하실에서 꺼낸 묵은 감자 같아요. 삶으면 불쾌한 단맛이 나죠. 피부도 부었어요. 입술이 헐었고, 눈 밑에 다크서클도 생겼어요. 그리고 머리는, 말도 아니에요. 염색을 좀 할까요? 에메랄드 색으로 여기저기에요. 씨발! 뽑아 버릴까요? 무슨 과부처럼 확 뽑아 버릴까요? 아야! 아야!
이봐! 단정하게 묶으면, 나쁘지 않을 것 같은데, 그렇죠? 단단하게
묶으면, 아주 단단하게요, 그럼 윤기가 좀 날 텐데. 자세를 곧게 하
고 네페르티티 같은 옆얼굴을 보여 주면요. 벨벳 리본이 필요해요,
지금은 고무줄밖에 없지만.

린다가 돌아와서 염색한 부분을 꼼꼼하게 살핀 후, 은박지를 떼기
시작한다. 씻어 드릴게요, 그녀가 말한다. 테플리체에서 온 제 친구
가 하나 있는데요, 걔는 운이 좋았어요. 선생님처럼 외국인을 만났
거든요. 베를린에서 온 독일인이요. 천 분의 일의 기회를 잡은 거예
요. 목은 불편하지 않으세요? 테플리체 쪽은 상황이 안 좋대요, 정
말 나빠요. 여기보다 더 나쁘대요. 제 친구랑 그 무리들이 고속도로
에서 일을 했거든요. 아시죠…. 장거리 트럭 운전사들을 상대로요.
특히 독일인을 상대로 했는데, 그 사람들이 돈이 있으니까요. 제 친
구는 한 달쯤 그렇게 하다가 볼프람이라는 남자를 만난 거예요. 천
분의 일의 기회였죠. 바로 그날 밤에, 그 남자가 베를린으로 오라고
했대요. 그래서 갔죠. 물이 너무 뜨겁나요? 네 번 씻어내야 해요. 베
를린에서 그 남자가 친구랑 결혼하고 싶다고 한대요! 안 할 이유가
없잖아? 친구가 전화로 그렇게 말했어요. 볼프람이 자기를 사랑하
는 것 같다고요. 천 분의 일의 기회예요.
  억센 손가락으로 린다가 즈데나의 두피를 문지른다.
  테플리체 친구 분은 독일 남자에게 어떤 감정이래요? 즈데나가
묻는다.
  손톱을 빗처럼 세워 머리를 빗으며, 린다가 말한다. 선생님은 그
이탈리아 분한테 어떤 감정이세요?

그게 제가 아니라, 즈데나는 말을 하려다 멈춘다. 오해를 풀기 위해 애쓰는 게 지난할 것 같다. 저는 사랑하는 것 같아요, 그녀가 말한다.

당연하죠, 린다가 수건으로 즈데나의 머리를 씩씩하게 닦아 주며 말한다. 선생님은 나이대가 달라서 또 다르겠죠. 그런 면이 분명히 있지만, 차이가 크지는 않을 거예요. 어떻게 보면 같은 문제잖아요, 그렇죠? 그녀가 드라이어를 켜고 두 사람은 더 이상 말이 없다.

마지막 손질까지 마치고, 즈데나는 거울을 통해 효과가 있는지 살핀다.

아주 살짝만 했어요, 린다가 말한다, 너무 짙은 금발은 아니거든요. 이보다 더 약하게는 어려워요.

그녀는 금색 테두리의 작은 거울 세 개를 이어 붙인 접이식 거울을 들어 보이며, 즈데나가 옆머리와 뒷머리를 살펴볼 수 있게 한다. 그녀는 여전히 젊은 즈데나의 목덜미에 늘어진 머리칼을 살짝 만져 준다.

훨씬 낫네요, 즈데나가 작게 말한다. 그건, 자신의 외모가 더 좋아 보일수록, 니농의 걱정거리가 더 줄어들 거라는 뜻이다.

린다가, 미소를 지어 보이며 대답한다. 선생님이랑 선생님의 그 이탈리아 분께 세상에서 제일 좋은 일들이 생기기를 바랄게요, 진심이에요.

마렐라는 무릎이 부었을 때 가스탈디 선생님한테 가 봤는데 너무 별로였다고 말했어요. 저는 부르튼 입술이 낫지 않아서 선생님 병원에 갔죠. 선생님이 연고를 주면서 혈액 검사를 좀 해 보겠다고 하셨어요. 선생님 책상에는 피라미드를 지고 있는 낙타를 그린 세공(細工) 그림이 놓여 있었어요. 선생님은 가운 주머니에서 돋보기를 꺼내서는 제 손톱을 좀 보자고 하셨어요. 손톱을 물어뜯나요? 선생님이 물었죠. 저는 대답하지 않았어요. 직접 보면 아실 테니까요.

금방 깨끗해질 겁니다, 가스탈디 선생님이 제가 드린 만(萬)을 주머니에 집어넣으며 말했죠.

토리노 동쪽, 포 강의 남쪽 경계를 따라 달리는 도로의 높은 벽돌담에, '리타(RITA)'라는 이름이 흰색 페인트로 적혀 있다. 오백 미터쯤 더 달리면 똑같이 리타라고 적혀 있는데, 이번에는 막힌 골목의 끝에 있는 집에 적혀 있다. 세번째 리타는 주차장의 아스팔트 바닥 위에 있다. 사람의 이름을 딴 장소들이 많다. 역사적 격변을 지나고 나면 이름들이 바뀐다. 리타의 이름이 적힌 길은, 그녀와 사랑에 빠진 사람에겐 언제까지나 리타의 길일 것이다. 누군가 (조금은 취한 상태였을 수도 있고, 리타와 사랑에 빠지면 그렇듯, 조금은 절박한 상태였을 수도 있다) 페인트 붓과, 손잡이에 흰색 페인트가 묻은 스크루드라이버, 그리고 흰색 페인트 통을 들고 밤거리로 나왔던 것이다.

가스탈디 선생님이 문을 열어 주면서 앉으라고 하셨어요. 그런 다음 본인은 책상 뒤 자기 자리에 앉아서(그 자리라면 피라미드와 낙타를 똑바로 바라볼 수 있죠), 안경을 쓴 채, 전화번호를 찾는 것처럼 앞에 놓인 서류더미를 뒤졌어요. 선생님은 전날 잠을 잘 못 주무신 것처럼 보였어요.

며칠 동안 오시기만 기다렸습니다, 선생님이 말해요.

다 나았어요, 제가 말하죠.

큰 병원에 가서 다른 검사들도 받아 보셔야 할 것 같습니다.

저는 입술을 살짝 만지며 계속 말해요, 낫고 있어요, 선생님, 괜찮아요.

입술 이야기가 아닙니다. 가스탈디 선생님이 계속 서류를 뒤적거리다가, 고개를 들고 저를 쳐다봐요. 안경 너머 선생님의 눈은 반으로 쪼갠 자두 같아요. 선생님이 말하죠, 혈액 검사 결과가, 아가씨, 충격적입니다. 사실대로 말씀드려야겠죠. 혈청 반응 양성이라는 게 뭔지 아십니까? 에이치아이브이(HIV)라고.

저 어린애 아니거든요.

검사 결과가 그래요, 혹시 주사기로 마약 하신 적 있습니까?

선생님은 자위하신 적 있으세요?

충격이 크다는 건 이해합니다.

무슨 말씀을 하고 계신지 모르겠네요.

에이치아이브이에 감염됐습니다.

실수예요. 어디서 피가 섞인 게 틀림없어요.

유감이지만, 그럴 가능성은 거의 없습니다.

당연히 섞인 거죠! 다시 검사해 보세요. 그 사람들이 실수한 거예요. 그 사람들은 늘 실수하잖아요.

저는 뒤집힌 피라미드를 보고 있어요. 아빠, 듣고 계세요? 이제 스물세 살인데, 제가 곧 죽을 거라고 하네요.

산 세바스티아노, 강의 폭이 마을 하나보다 더 넓은 그곳에서, 신호수는 포 강을 건너면서 한 손으로 느긋하게 오토바이를 몬다. 그의 앞에 다른 자동차는 한 대도 없다.

마렐라에게 전화해서 좀 와 달라고 해요. 이야기를 해야만 할 것 같거든요. 마렐라에게 무슨 일이 있었는지 말해요. 세상에! 마렐라가 탄식해요.

다리를 건넌 후 신호수는 멈춘다. 두 발을 모두 내리고, 팔은 엉성하게 걸쳐 둔 채, 하늘을 올려다본다.

오늘 아침에 잠에서 깼을 때는 기억이 나지 않았어요. 몇 초 동안. 몇 초 동안 저는 잊어버렸어요. 기억이 나지 않았죠. 오, 하느님.

신호수가 손잡이를 쥐고, 엔진을 가속하고, 기어를 일단으로 넣는다.

베로나에서 지노를 만나기로 했는데 안 갈 거예요. 아뇨. 절대.

신호수가 제방의 갈대밭 뒤로 사라지고, 이제 빠른 속도로 달린다. 마치 뭔가에 대한 그의 생각이 바뀐 것처럼.

들어 봐, 마렐라, 오늘 아침에 지노한테서 편지가 왔는데 이렇게 적혀 있어. 지금 비알리 이름이 적힌 티셔츠를 입고 있어. 자기가 제일 좋아하는 축구선수라고 했으니까. 화요일에 같이 바다 보러 가는 거지? 늘 자기를 보고 있어, 니농. 마르코니 광장에서 장사를 할 때면 붐비는 사람들 너머로 자기가 보이는 거야. 나는 파르마에 있고 자기는 모데나에 있는데도, 하루에 네다섯 번은 자기를 본다니까. 자기 팔꿈치를 알아보고, 흰색 가방의 끈 아래로 팔을 밀어 넣는 모습과 왼쪽 엉덩이 부분에 오렌지색 불꽃 무늬가 들어간 주름진 중국제 실크 원피스를 입고 있는 자기가 보여. 내가 자기를 볼 수 있는 건 자기가 내 살갗 아래 있기 때문이야. 어제, 일요일에는 리치 셔츠를 마흔세 장이나 팔았어. 매상이 좋았지. 이윤이 백오십만 정도 날 거야. 여름 내내 이렇게만 하자고 속으로 생각했어. 그러면 우리, 니농과 함께 파리로 가는 비행기 표를 사야지. 사랑해. 지노가. 나는 그 편지 찢어 버렸어, 마렐라. 찢어서 변기에 내려 버렸거든. 그런데 한 번에 내려가지 않는 거야. 종잇조각이 떠 있더라고.

길은 커다란 두 농가 사이를 지나고, 각각의 농가에는 마당과 대문, 정사각형 건물이 있다. 도심을 벗어나면, 평원의 모든 집들은 사각형으로 짓는다. 그건 모든 것을 작아 보이게 만드는 끝없는 공간에 조금이나마 저항하기 위해서이다. 신호수와 오토바이가 지날 때, 커다란 두 농장은 고요하다.

이동식 침대에 누워 있어요, 아빠. 사람들이 저를 복도 끝 어딘가로 데려가요. 흰 옷을 입은 남자 두 명인데, 그들은 제가 아니라 다른 뭔가를 생각하고 있어요. 어디로 가는 거예요? 제가 물어요. 내 분비과로 가시는 겁니다, 두 남자 중 한 명이 친절하게 말해요. 그건 사소한 문제고, 어쨌든, 이런 이동식 침대에 누워, 모든 방향으로 회전하는 바퀴가 달린 그 침대를 타고, 저는 실려 갈 거예요.

크레센티노의 마을에서 장례 행렬이 교회에서부터 구불구불 이어지고, 신호수는 행렬 뒤에서 마지막 조문객 무리처럼 천천히 움직일 수밖에 없다. 모자를 쓴 남자들이 고개를 숙인 채 걷는다.

마렐라가 전화해요. 이제 더 울지는 않고, 저도 마찬가지예요. 우리끼리는 시다(SIDA)라고 부르지 말자(에이즈의 프랑스식 표기로, 'Syndrome d'Immunodéficience Acquise'의 약자—옮긴이). 우리끼리는 그냥 '스텔라'라고 하지 뭐.

평평함이 모든 것을 덮어 버린다. 지금 신호수가 가로지르는 평원에서, 인간은 지난밤의 폭력을 알지 못한다. 시체에 걸려 넘어지기 전에는.

마렐라, 지노가 다시 편지를 보냈어. 이렇게 적혀 있어. 니농, 전혀 이해가 안 돼. 네가 나를 바람맞히다니. 거북이 반지도 돌려주고. 아무 말도 없이 우편함에 넣어 두었잖아. 크레모나까지 와서 나를 만나지도 않고 가다니. 네가 이 편지를 언제 받게 될지도 모르겠네. 하지만 나는 너를 찾아낼 거고, 너를 계속 사랑할 거야. 어느 날 아침, 네가 어디에 있든, 잠에서 깨면 나의 메르세데스가, 옆에 '멋진 옷(VESTITI SCIC)'이라고 적힌 그 차가 현관 앞에 서 있는 걸 보게 될 거야. 그리고 그날 아침엔, 다시 침대에 들어가게 될 거야. 니농+지노=사랑.

　이 편지는 찢지 않았어. 엽서에 답장을 쓴 다음 봉투에 넣어서 보낼 거야. 엽서에, 지노에게 혈청 반응 검사를 꼭 받으라고 적고 있어. 내 상태에 대해서는 한마디도 적지 않아. 그 점에 대해선 할 말이 없으니까. 그건 분명하니까. 비알리가 막 골을 넣은 장면이 있는 엽서야.

신호수는 이제 지평선까지 뻗은 논을 지나고 있다. 논은 수백 개의 고르지 못한 거울처럼 반짝인다. 땅 위에 일찍 여문 녹색의 벼 이삭이 세공 장식처럼 펼쳐져 있다. 논은 카보우르(Cavour, 19세기 이탈리아의 통일운동 지도자— 옮긴이)가 꿈꾸었던 부유한 이탈리아의 일부였다. 논에 물을 대기 위해 운하가 만들어졌다. 그리고 거기서, 1870년에 처음으로, 낟알이 길고, 부드럽고, 우윳빛이 나고, 가벼운 이탈리아 쌀이, 그 어떤 쌀과 달리 입에 넣으면 바로 녹는 쌀이 수확되고, 건조되고, 포대에 담겼다.

제겐 아무것도 없어요. 제가 가진 걸 모두, 모두, 모두, 모두, 모두 빼앗겨 버렸어요.

고요한 수면에서는 아무것도 움직이지 않는다. 고르지 못한 거울들이 하늘에서 내리는 빛을 반사한다. 색도 없고, 구름도 없다. 오직 오토바이를 탄 신호수만이 움직이고 있다. 그는 아주 빠른 속도로 달린다.

저 자신을 선물로 내주는 일이 사라져 버린 거예요. 저를 주는 건, 죽음을 주는 것이니까. 언제나, 제가 죽는 날까지요. 길을 걷다 보면 젊은 남자들이 저를 쳐다봅니다. 그러는 내내 저는 제가 곧 죽음이라는 사실을 떠올리곤 하죠. 누군가 제게 가까이 다가오고, 한 번, 두 번, 백 번 그렇게 가까이 다가오고, 제가 그 누군가를 사랑하면 그는 죽는 거예요. 콘돔을 쓰면 괜찮다고들 하죠. 콘돔을 쓰면 그와 그의 죽음 사이에 고무가 끼어드는 거예요. 그와 저 사이에도 고무가 끼어들고요. 고무의 외로움. 끝없이 영원한 고무의 외로움. 이젠 그 어떤 것에도 닿을 수 없어요.

그가 은빛 물을 가로지른다. 모퉁이를 돌 때도 속도를 거의 줄이지 않고, 마치 수은처럼 움직이며, 몸을 세우지도 않고, 가끔 땅의 소리를 들으려는 것처럼 바짝 기울인다. 처음엔 한쪽으로, 그리고 반대쪽으로 몸을 기울이며, 안쓰러운 마음으로 집중하여 듣는다.

제가 줄 수 있었던 모든 것, 이 세상만큼 오래되고, 하느님이 주신, 통증에 바를 향유, 혀끝에 닿는 벌꿀, 영원함에 대한 약속, 부드럽게 맞이하는 일, 아, 맞이하는 일, 무릎을 살짝 틀고, 발가락을 쭉 뻗은 채 그렇게 맞이하는 일, 내가 가졌던 모든 것이 사라져 버린 거예요.

엔진 소리를 되돌려 줄 담장이나 둑, 바위가 없어서, 신호수의 귀에는 자신의 오토바이가 내는 소음이 들리지 않는다. 다만 그는 몰려드는 공기가 내는 소리를 들을 뿐이다. 나선형 소라 껍데기를 귀에 댔을 때 나는 소리 같다. 빨리 달릴수록 몰려드는 공기의 소리도 커진다. 흔들리며 그를 때리는 공기의 흐름 속에 목소리들이 떠다닌다.

제 사진 두 장과 신분증 사본, 그리고 주거지를 증명할 전기요금 청

구서를 보내야 해요.

에우리피데스는 이렇게 적었다. 나 또한 너의 불쌍한 운명에 함께
했으니, 나의 슬픈 인생을 눈물 속에 보내게 되겠지.

그리고 제 요청이 받아들여졌으니, 낭트 교도소에 목요일 오후 세
시에 오라는 통보를 받았어요.

신호수의 길은 버드나무 숲을 통과한다. 오르페우스가 에우리디케
를 찾으러 갈 때 잔가지를 꺾어 갔던 그 나무다. 버드나무 껍질에는
살리신이 함유되어 있는데, 아스피린처럼 진통제로 쓰인다.

언덕 위의 좁은 거리에서 교도소를 찾았어요. 역에서 걸어서 삼십
분 정도 거리예요.
　가장 가까운 식당에서 커피와 샌드위치를 주문해요. 그와 얼굴을
마주하고 무슨 말을 할지는 모르겠어요. 그 사람이라는 걸 어떻게
알았는지는, 설명할 수 없어요. 그 동안 실험실 검사에서 밝혀진 건
한 가지뿐이에요. 제 몸이 그 자체로 하나의 실험실이라는 것, 그리
고 그 실험실에서 나온 결과가 그를 가리키고 있다는 점이죠. 그 사
람 때문이었고, 저는 그가 저를 보기를, 자신 때문에 인생이 끝나
버린 저를 보기를 원했어요. 아직 제 몸에 반점 같은 것은 없지만,
그가 저를 본다면, 자신이 한 짓을 깨닫고 그게 얼마나 엄청난 일인

지도 알겠죠. 그런 다음 제가 그를 죽일 거예요.

교도소 안에서, 두 여자 교도관이 제 가방을 가져가고, 제 몸을 수색하고, 한 바퀴 돌아 보라고 시켜요. 당나귀처럼 생긴 남자가 서류를 가져가요.

요리사 남자의 파란 눈과 짧은 머리, 손마디는 변하지 않았네요. 좀 말랐어요. 앉은 자세가 좀 뒤틀려 있고, 발은 그전보다 더 커 보여요. 이 남자가 미워요. 다가가는 저를 보며 이 새끼는 뭘 떠올리고 있는 걸까요? 그의 미소는 잘못된 거예요.

바다에서 슈우 소리가 나네! 그는 그렇게 말하며, 이 미터 뒤에 앉아 있는 교도관 쪽으로 고갯짓을 해요.

그는 교도관 앞에서 이야기하지 말라고 경고를 하는 거예요. 무엇에 대한 이야기를?

내가 왜 왔는지 알죠?

그는 아무 말이 없어요.

당신을 죽이려고 왔어요.

너무 오래전이라….

삼 년이죠, 제가 말해요.

다음 날 자기 만나러 가려고 했는데….

한 번으로 충분해! 제가 말합니다.

그가 고개를 숙여요.

식당에서 갑자기 잡히는 바람에, 그가 이야기를 꺼내요.

당신을 죽이러 왔다고요, 알아요?

자기는 하나도 안 달라졌네, 그가 말했어요, 언제나 싸움개 같지! 그리고 진심 어린 미소를 지어 보여요.

너무 끔찍해요, 그 미소가. 거기에 그사이 망가져 버린 모든 것들이 담겨 있죠. 그는 마른 정도가 아니라, 거의 뼈밖에 없어요. 기차 안의 군인들과 터널이 생각났어요. 그의 터널 끝에는 죽음이 기다리고 있고, 거의 그곳에 다다른 것 같아요. 얼굴에 불탄 종이 같은 자국들이 있어요. 일 년 후면 저도 그렇게 되겠죠. 아니면 이 년, 삼 년, 사 년 후에. 사 년까지는 거짓말이에요. 저도 금방, 아주 금방 그렇게 될 거예요.

우리 집은 이탈리아인데, 당신을 죽이려고 천 킬로미터를 왔어요. 그는 내 말을 믿어요. 교도관은 지루한 듯 책을 읽고 있어요.

이러나저러나 나는 곧 죽을 거니까, 그가 속삭이듯 말하죠.

나도 마찬가지야! 제가 말해요. 스물네 살인데 죽어 가고 있다고, 나도 당신이랑 같다고!

작은 두려움이 큰 두려움으로 변하면, 눈이 커지죠. 지금 그의 눈이 그래요.

그럴 리가, 그가 속삭여요, 목소리가 들리지 않을 정도로.

내 말이 그거예요, 제가 말했습니다. 그럴 리가 없다고! 그런데 그렇다고!

세상에!

오 분 동안 우리 둘 다 말이 없어요. 우리의 눈이 마치 전시실을 옮겨 다니듯 서로의 몸을 훑죠. 손목, 쇄골, 목의 힘줄, 귓불, 머리칼이 시작되는 이마 언저리, 눈두덩, 삐져나온 코털, 깨진 이, 머리, 광대뼈. 그러다 그와 눈이 마주치죠. 저는 그의 파란 눈을 들여다보고, 그는 제 눈을 들여다봐요.

용서해 줘요, 그가 중얼거립니다.

쓸데없는 소리, 저는 혼잣말을 해요. 트림을 하거나 방귀를 꼈을 때, 혹은 발을 밟았을 때 하는 말이랑 같잖아요. 저는 있는 힘껏 소리를 질러요.

정말 크게 소리를 질렀나 봐요. 교도관이 다가와서 팔꿈치와 등을 움켜쥐고는 면회실에서 저를 끌어냈어요.

　이렇게 소리를 질렀던 것 같아요. 용서는 **우리 모두** 받는 거잖아! 알겠어요? 요리사 아저씨? 알아듣겠어요? 교도관 아저씨? 용서는 우리 모두 받는 거라고!

길이 자갈길로 바뀌었고, 신호수는 속도를 줄인다.

아빠가 오토바이에서 내리더니 가죽 재킷에서 리본을 두른 상자를 꺼냈어요. 안에 리옹 쿠션(리옹 지역 특산물 사탕—옮긴이)이 들어 있었죠. 쿠션이라고 하지만 커피 스푼 머리만 해요. 그 색깔, 은색이 점점이 흩어진 아름다운 녹색이 새틴 천을 떠올리게 했습니다. 생긴 모양을 보면 이 작은 쿠션들은 베개처럼 푹신푹신할 것 같아요. 정말 쿠션이라면 그렇겠지만, 물론 진짜 쿠션은 아니에요. 크기가 아주 작고, 은색은 설탕, 녹색은 민트, 그리고 재료는 마지팬(아몬드, 설탕, 달걀을 섞어 만든 과자—옮긴이)이에요. 한 입 물면 마지팬 안에 든 달콤한 초콜릿이 이 사이로 스며들죠. 아빠가 그르노블에서 돌아오신 그날 밤에 다 먹지 못하고 남은 건, 다음날 학교에 가지고 가서 지엘, 잔, 아네트와 나눠 먹어요. 우리 모두 리옹 쿠션을 평생 사다 줄 수 있는 남자와 결혼하겠다고 약속했어요!

도로에서 타르 냄새가 올라온다.

내 오래된 친구들은 파라디소 술집보다 묘지에 더 많은 것 같구나, 지노. 자연스럽게, 너보다 내가 먼저 거기에 들어가겠지. 네가 바보짓만 하지 않는다면 말이다. 내가 무슨 이야기를 하고 있는지는 잘 알고 있다. 나는 죽음을 많이 봤으니까, 지노. 네 엄마가 죽은 후로 우리는 단 한 번도 말다툼을 하지 않았지. 너와 내가 말이다. 네가 내 일을 물려받을 거라고 기대하지는 않는다. 네겐 너의 길이 있겠지. 나는 그런 네가 자랑스럽구나. 하지만, 오늘 밤엔, 딱 한 번만, 내가 할 말이 있으니 좀 들어다오. **그만해, 지노.** 깔끔하게 끝내라. 이 말은 꼭 해야겠구나. **그만해.** 나는 그 아가씨가 누군지도 모른다. 만나 본 적도 없지. 프랑스 아가씨라고 했냐. 그 사람들은 쉽게 들뜨지, 프랑스 사람들 말이다. 믿을 수 없는 사람들이야. 네 아가씨는 예외일 수도 있겠지. 그 아가씨가 최고의 장거리 대형 트럭처럼 믿을 만한 사람일 수도 있고, 지나 롤로브리지다 같은 미인일 수도 있지. 하지만 벌을 받지 않았냐. 그 꺼림칙한 것에 감염이 되었다면, 벌을 받은 거야. 더 나쁜 건, 위험하다는 거 아니냐. 그 생각을 하면 안쓰럽기도 하겠지. 약을 하는 무리들과 어울린 거잖아. 그 사람들은 약도 같이 한다고 들었다. 주삿바늘도 같이 쓰고, 같이 맛이 가더니만, 이제 같이 죽는구나. 불쌍한 아이 같으니! 그렇다고 해서 그 아가씨가 위험하지 않은 건 아니야, 지노. 너는 네 갈 길을 가면 되지만, 그 아가씨는 위험해. 손수건에 땀 한 방울만 떨어져도, 똑같은 추악함을 네게 묻히는 거야. 보내 줘라, 지노. 내가 알기론 그 아가씨도 나랑 같은 말을 하고 있는 것 같던데 말이다. 하자는 대로 해 줘. 보내 주라고…. **그만해.** 안 그러면 네가 나보다 먼저 묘지에 들어가는 거야.

장 페레로는 간선도로를 벗어나 카살레 몬페라토라는 소도시로 들어간다. 그가 지나고 있는, 양쪽에 아케이드가 있는 도로는 매우 좁다. 지붕과 집 들 사이의 좁은 길에서는 시큼한 와인 냄새가 희미하게 난다. 주변 지역의 모든 와인이 이곳으로 옮겨져서 판매된다. 도로 양쪽의 아케이드는 즈데나의 아파트에 있는 니농의 방만큼이나 좁다. 포 강의 제방에는 몬페라토 공작의 성이 있다. 한때 카보우르가 머물렀던 곳이다.

병원 엘리베이터 안에서 사람들이 저를 쳐다봐요. 방문객, 청소부, 환자, 학생 들이요. 모두 아는 거죠. 다만 얼마나 걸릴지, 언제 닥칠지는 몰라요. 그들은 내 티록신 수치 같은 건 모르죠. 하지만 그들은 알아요. 그 눈을 보면 금방 알 수 있어요. 그 눈이 말하고 있는, 그들이 공통으로 가지고 있는 생각이 그들 각각의 차이보다 더 중요하죠. 아직 모르는 누군가를 만나면, 그녀에게 입을 맞추고, 그의 눈에 입을 맞추고 싶어요. 다른 사람들, '저 여자는 걸렸어'라고 생각하는 사람들이 보는 앞에서요. 거기엔 두려움이 있어요. 두려움이 일종의 연민과 함께 일어날 수도 있는 거랍니다. 진정한 연민은 다르죠. 진정한 연민은 모리엔에서 보송 부인이 철도에 다리가 낀 군인에게 느꼈던 그런 거예요. 두려움은 두려움일 뿐이죠. 그 두려움이 작고, 잘 통제되고 있고, 연민과 함께 일어난다고 해도 마찬가지예요. 엘리베이터 안에서 열일곱 개의 두려움이 저를 쳐다봅니다. 저는 그걸 세고 있죠. 아직 소화기 내과 병동에 도착하지 않았어요. 그래서 저는 혀를 내밀며, 속으로 생각하죠. 이들 중 한 명이 미소를 지어 보이면, 오늘 밤은 잠을 잘 잘 거라고요. 아무도 미소 짓지 않아요. 십오층에서 제가 내리자, 한 남학생이 중얼거려요. 쌍년!

발렌차를 벗어나는 포 강의 남쪽 제방에, S자 도로를 경고하는 안내판이 있다. 장 페레로는 엔진을 가속하고 기어를 삼단에 놓은 다음, 오른쪽으로 돌기 위해 자세를 앞쪽으로 숙이고, 안전하다고 여겨지는 것보다 조금 더 오래 몸을 기울여 오른쪽 어깨를 지면 가까이 내렸다가, 엉덩이의 위치를 바꾸고 더 급한 곡선 도로를 따라 왼쪽으로 돈다. 그런 다음, 직선 도로가 시작되는 위치에서, 그는 갑자기 속도를 이단에서 중립으로 단계적으로 내리고 도로 옆 잔디밭과 닿은 부분에 오토바이를 세운다.

곡선 도로를 지나는 동안 신호수가 뭔가를 봤던 것이다. 그는 걸어서 그 자리로 되돌아간다. 도로변에 공중전화 부스만 한 제단이 있다. 녹슨 철문의 윗부분 절반은 창살이다. 그 안에, 돌로 만든 아치형 지붕이 있고, 그 아래 연단 위에 성모상이 놓여 있다. 성모상 뒤쪽에는 칠이 벗겨진 파란색 벽에 꽃들이 그려져 있다. 장은 양손으로 창살을 가볍게 쥐고 안쪽을 들여다본다. 성모상은 파란색 드레스를 입고 있고 목과 얼굴은 옅은 장밋빛이며, 고개를 살짝 기울인 채 팔을 느슨하게 내리고서 그가 있는 쪽으로 손바닥을 보이고 있다. 어릴 때부터 장은 기도를 하지 않았다. 당시에 기도는 일종의 암송으로, 주임 사제가 악단의 단장처럼 먼저 읊으면 따라서 낭송하는 것이었다. 기도는 어떻게 하는 거지? 그는 실용적인 사람이다. 뒷문에 강아지나 고양이가 다닐 작은 문을 만들 줄은 아는데, 창살 사이로 기도는 어떻게 하는 걸까? 서 있는 그의 어깨 너머로 그런 질문이 들리는 듯하다. 나는 그가 어떻게 대답할지 알고 있다. 창문을 끼우거나 문을 만들어 달 때, 그는 먼저 그것들이 들어갈 자리에 맞춰서 한번 대본다. 그러면 다음에 어떤 작업을 해야 할지 쉽게 알 수 있다. 마찬가지로, 그는 자신들의 고통을 한번 대보는 것으로 시작한다. 성모상 앞에 한번 꺼내 놓는 것이다. 그의 어깨 너머로 말소리가 들린다.

기도는 익숙하지가 않습니다. 성모님을 봐야 하는 건가요? 성모님께서 아래를 보고 계시니, 저도 그렇게 하겠습니다. 아이가 죽을 거예요. 점점 더 아프다가 끔찍하게 죽는다고요. 무방비 상태로. 이병은 다른 병이랑 다릅니다. 병 이름을 말하지도 않아요. 그냥 레트로바이러스라고 부릅니다. 마치 그게 이름이라도 되는 것처럼요. 다른 병들은 어느 날 죽음이 찾아오면, 생명이 훅하고 꺼지죠. 이병은, 니농의 이 병은, 서서히 삶에서 버림받는 겁니다. 몸의 부분 부분이 차례로 말을 듣지 않으면서, 삶이 무너지는 거죠. 무슨 이야기인지 아시겠어요, 성스러운 성모님? 아이의 능력이 사라지는 거예요, 하나씩 하나씩요. 밤도 별도 없고, 절대 밖으로 나갈 수 없는 병실만 있는데, 다른 사람이 거기 머무를 수도 없어요. 약을 먹으면 죽음의 속도를 잠시 멈출 수 있지만, 대신 몸이 아픕니다. 그렇게 잠시 멈춰 놓은 동안에는 고통과 시간이 있을 뿐, 희망은 없죠. 제 아이는 성모님의 딸이기도 합니다. 바랄 것이 아무것도 없으니, 무엇이든 바라게 됩니다. 아무것도 없는 상황을 무엇이든 바꿀 수 있게 해 주세요, 성모님. 대부분의 사람들이 고개를 돌립니다. 성모님은 조각상이니 고개를 돌리지 않으시겠죠. 사람들은 두려운 거예요. 저도 두렵습니다. 성모님은 조각상이니 차분하시겠죠.

아무것도 없는 상황을 어떻게 무엇이든 바꿀 수 있을까요?

검사 결과는 음성이야, 지노가 전화로 알려 줘요, 나 깨끗해.

계속 그렇게만 해, 제가 말하죠.

보고 싶어.

할 수 있는 게 없어, 지노.

니농, 달라질 건 없어….

달라질 게 없다니! 내 인생이 날아가는 건데, 달라질 게 없다니.
너한테는 달라질 게 없겠지!

보고 싶다고.

안 돼.

한 번만.

뭐 하게?

금요일 아침. 여덟시 삼십분에 데리러 갈게.

나 일해야 해.

하루 휴가 내!

제가 대답하기도 전에 그가 전화를 끊어요. 저는 뭘 바라는 걸까
요? 제가 뭘 바라는지도 모르는 것, 저 자신이 뭘 바라는지도 모르
는 것, 거기서 외로움이 시작되죠.

여전히 헬멧을 쓴 채, 신호수는 풀밭에 무릎을 꿇고 성모상이 든 녹
슨 철문에 머리를 기대고 있다. 이제 내가 듣는 말은 합창하는 목소
리처럼 들린다.

하느님은 무력하시지. 사랑하기 때문에 무력하시지. 만약 그분께
힘이 있었다면, 지금처럼 우리를 사랑하지 않았을 테지. 친애하는
하느님은, 그렇게 무력함에 빠진 우리를 도와주시지.

그는 떨어뜨린 무언가를 집으려 무릎을 꿇었다 일어나는 사람처
럼 일어난다. 그리고, 걸음을 옮기면서 헬멧을 벗는다.

지노는 강폭이 아주 넓은 치벨로라는 곳에 저를 데리고 가요. 강의 너비가 일 킬로미터가 넘고 가운데에 섬도 있어요. 우리는 셔츠와 양말을 벗고 그의 메르세데스 밴에서 내려요. 그가 아무 말 없이 제 손을 잡고는 물 위로 뻗은 부잔교로 데리고 가죠. 배 몇 척이 다리에 묶여 있고, 사람은 아무도 없어요. 샌들의 굽 때문에(흰색 샌들을 신었어요) 저는 부잔교의 나무판 사이를 내려다보며 조심조심 걸어요. 걸려 넘어지면 안 되니까요. 물에는 죽은 고양이 시체도 떠 있어요.

싫어, 제가 말해요, 여기서 나가! 공원이나 크레모나에 있는 근사한 카페로 가.

니농, 흥분하지 말고. 보여 줄 게 있어서 데리고 온 거야.

그럼 빨리 보여 줘.

저기 섬 보이지?

물가에 나무가 내려온 저기?

응, 우리 저기로 갈 거야. 저 섬으로 갈 거라고.

뭐 하러?

자기랑 가서 누우려고.

끝난 얘기야, 지노. 이제 섹스는 하고 싶지 않아.

그래도 자기 데리고 저기 갈 거야.

나 때문에 죽을 수도 있다는 거 알지, 지노. 내가 피 한 방울, 한 방울만 이 사이로 흘려 넣어도 자기는 끔찍하게 죽을 거야. 내가 죽고 나서 일이 년 후에.

도착할 때까지만 기다려 봐.

아닌 건 아닌 거야, 우리 둘 다. 내가 아니라고 했잖아.

저기 방석 있는 곳에 앉아.

제가 배에 오르자 배가 출렁이며 물 튀기는 소리가 났어요. 그 소리만 빼면 수면은 완전히 고요해요.

보트가 꽤 깊이 잠겼어, 제가 말해요.

사람들이 이런 배를 뭐라고 부르는지 알아, 니농?

뭐라고 하는데?

'바르키노'라고 해. 베네치아 사람들이 이 배를 보고 곤돌라를 만들었던 거야. 포 강처럼 큰 강에서는 제대로 가고 있는지 늘 살펴야 할 필요가 있으니까. 노를 젓는 보통 배처럼, 멍청하게 노만 저으면서 가끔 어깨 너머로 뒤돌아보는 걸로는 안 돼. 정확히 어디로 가고 싶은지 정하고 눈으로 계속 확인해야 한다고. 아니면 강이 배를 삼켜 버리니까 말이야. 저기 저 나무를 삼킨 것처럼. 나는 물살이 황소나 트럭을 삼키는 것도 봤어. 그래서 누군가 노를 저으면서 어디로 가는지도 확인할 수 있는 바르키노를 만든 거야.

거대하고 짙은, 누렇게 펼쳐진 수면 위에 저와 지노 단 둘밖에 없습니다. 강 한가운데에 있어서 그 물이 어디서 끝나는지도 알 수 없죠. 제방이 보이지 않아요. 커다란 회색 나무 몸통이 우리 옆을 스쳐 떠내려가고, 그 나무의 줄기에 새 한 마리가 앉아 있어요.

새 좀 봐!

도요새네, 지노가 말해요, '피오바넬로.'

저는 몸을 돌려 우리가 어디로 가고 있는지 확인해요. 섬으로 곧장 향하고 있어요.

아닌 건 아닌 거야, 우리 둘 다. 제가 한 번 더 말해요.

그는 고개를 끄덕이지만, 두 개의 노를 젓는 일에만 집중하고 있어요. 그는 일어선 채 마치 목발을 짚듯 몸을 앞으로 기울여 노를 젓죠. 한 번씩 저을 때마다 목발 아래쪽을 가볍게 털어요. 물에서 나온 개가 다리를 털어서 말리는 것과 비슷한데, 지노는 물 위에서 그렇게 툭 치는 거예요. 어디에도 사람들을 보이지 않습니다.

여기 자주 와? 제가 물어요.

아니, 페드로가 익사한 후로는 안 왔어.

익사?

상류에서, 크레모나에서 포 강 위로 철교가 지나가는 거기.

어쩌다 익사한 거야?

물에 빠졌어.

수영을 못 했어?

수영할 줄 알았지, 그럼.

저는 지노를 봐요. 그는 여전히 노를 젓고 있죠. 하나씩 하나씩,
마치 개가 뒷다리를 털듯이, 그는 여전히 자신만만하게 우뚝 서 있
어요. 저는 물에 손을 담가 봅니다, 차가운 물에. 물속을 들여다볼
수는 없어요. 담요처럼 짙은 물, 심지어 우유가 이 물보다는 더 투
명할 것 같네요.

어릴 때 아빠 오토바이를 타고 산악지대를 넘어간 적이 있어. 양
치기들이 사는 그런 곳 말이야.

저는 왜 지노에게 이 이야기를 하는 걸까요? 이유를 알아요. 일
이 분 후에 바르키노가 방향을 바꿀 테니까요. 우리를 잡아당기는
것 같은 힘을 느꼈고, 그게 아빠 오토바이를 타고 있을 때 느꼈던
힘을 떠올리게 했으니까요. 배를 잡아당기는 힘은 아주 깊은 곳에
서 전해졌고 일정해요. 그 힘은 누구나 알아차릴 수 있을 정도죠.
저는 멀리 있는 제방을 바라봐요. 우리는 빨리 움직이고 있어요. 강
물이 하는 말이 뭐든 상관없이.

섬 지났어, 지노. 지났다고.

강물이 바르키노를 하류 쪽으로 당기고 있어요. 어떤 것도 강물
을 멈추게 할 수는 없어요. 사방이 온통 물이죠. 산악지대에서는 빙

하가 같은 역할을 해요. 강은 빠르고 빙하는 느리지만, 어떤 것도 그것들을 멈추게 할 수는 없어요.

지노, 우리 뭐 하는 거야?

섬으로 건너가는 거지.

갑자기 저는 상황을 알아차려요. 그는 저를 죽이려는 거예요. 이런 식이 낫겠다고 생각하는 거죠. 어쩌면 저를 죽이고 자신도 죽으려는 것일 수도 있어요. 포 강에서의 동반 자살. 동반은 아니죠. 그가 제 생각을 물어본 건 아니니까.

그만해, 지노, 그만하라고! 제방으로 가. 섬에 가고 싶지 않아!

그는 목발처럼 노를 짚고 서서, 고개를 저어요. 겁먹지 마, 니농, 내가 무슨 일을 하고 있는지 알고 있으니까.

그의 말에 저는 마음이 놓여요. 이유는 모르겠어요. 그가 거짓말을 하는 것일 수도 있죠. 저는 눈을 감아요. 포 강의 거대한 힘, 우리를 어디론가 데리고 가는 그 힘은, 마치 잠에 빠져들 때 느끼는 그런 힘 같아요. 저항할 수 없죠. 눈을 꼭 감으면, 그 힘이 뭔가 실제적인 것임을, 제 머릿속에만 있는 것이 아님을 알 수 있어요. 배가 속도를 내자 이마에 닿는 강의 공기가 차가워요.

제방으로 가! 죽고 싶지 않아.

오래전 제가 아직 눈을 뜨고 있었을 때, 수면은 평평했어요. 강물은 자신의 속도로 실어 갈 수 없는 뭔가에 부딪혔을 때만 파문을 일으켰죠. 지금 눈을 감고 있으니, 방석 위에 앉은 제 엉덩이로, 엄청나게 출렁이는 굴곡을 느낄 수 있어요. 그 굴곡이 배와, 그 배에 탄 우리를 들어 올리죠. 그 굴곡이 꾸준하다는 게 최악이에요. 덕분에 우리를 싣고 가는 것이 액체라는 것, 멈출 수도 없고, 우리를 알아보지도 못할 정도로 거대한 무엇임을 알게 되니까요.

뭔가 전선 같은 게 얼굴을 스쳐요. 손을 들어 보니 손가락 사이로

94

버드나무 가지들이 스쳐 가네요. 잡아 보려고 하면, 가지들은 나무에서 떨어져 버립니다.

저는 제 눈을 믿지 않아요. 우리는 멀리 있는 제방에 다가가고 있고, 강물은 고요하죠.

도대체 뭘 하려는 거야, 지노? 제가 말해요.

물살을 거슬러 가는 거야, 그가 대답하죠. 그래서 포 강의 하구를 건너고, 거기 있는 섬에 갈 거야.

물살을 거스를 수는 없어.

이쪽에서 섬으로 접근하면 물살이 없는 곳이 있어.

내 생각엔 물에 빠져 죽을 것 같은데.

그러지 말고 나를 좀 더 믿어 봐, 그가 말해요.

섬 근처에 물살이 없는 곳이 있는 게 확실해?

그가 고개를 끄덕여요.

나한테 뭘 보여 주려는 거야, 지노?

그 섬에 갈 수 있는 방법.

아닌 건 아닌 거야, 지노. 아닌 건 아닌 거라고.

섬에 가고 싶지 않으면, 배에서 내리지 않으면 돼, 그가 말해요.

그럼 씨발, 도대체 왜 가는 건데?

거기 갈 수 있는 방법을 확인하러.

자기가 얼마나 훌륭한 뱃사람인지 증명하려는 거겠지! 제가 말해요.

아니, 우리가 어떻게 살아가면 될지를 보여 주려는 거야, 자기랑 내가.

저는 지노의 말대로 했어요. 배에서 내리지 않았죠. 하지만 화를 참지 못하고 섬의 가장자리에 있던 풀을 한 줌 뽑아서, 집에까지 가지고 왔어요. 지노의 풀을.

장 페레로는 원유 산지인 코르테마조레에서 엉뚱한 길로 접어드는 바람에 이 피자 가게에 들어오게 되었다. 크레모나로 가는 길을 묻기 위해 멈췄을 때, 식당 입구에 모여 웃고 있는 남자들이 그의 시선을 끌었다. 식당 안에는 가운데에 긴 테이블이 있고, 서른 명 남짓한 남자들이 앉아 있다. 벽에는 흰색 타일을 붙였다. 화덕 가까운 곳에 작은 테이블을 발견했다. 그 자리라면 길에 세워 둔 오토바이를 지켜볼 수 있었다.

주방장인 루치아노는 조끼 차림으로 일을 한다. 식사를 하는 손님들도 대부분 어깨를 드러낸 차림이다. 장 페레로는 헬멧과 재킷, 장갑, 셔츠를 모자걸이에 건다. 몇몇 남자들은 건설 노동자들이 쓰는 신문팔이 모자를 쓰고, 다른 이들은 정유회사 이름이 찍힌, 챙이 달린 노랗고 빨간 모자를 쓰고 있다. 그렇게 모여 있으니 모임 자체가 파티처럼 보인다. 긴 테이블에 앉은 사람들은 매일 같은 자리에 앉기 때문에, 모두가 옆 사람의 약점을 알고, 그가 와인이나 물을 얼마나 많이, 혹은 얼마나 조금 마시는지도 알고 있다. 와인이나 물을 따르는 건 젊은 사람들의 몫이다. 나이 든 사람들은 세상에서 어떤 일이 벌어지고 있는지 설명한다.

루치아노는 권투선수를 자극하는 트레이너처럼 반죽을 두드리고 있다. 그러다 잠시 그가 밀가루로 뒤덮인 조리대 위로 고개를 내밀고, 화덕 너머로 장에게 외친다. 피자 가게에 웃음소리가 없으면, 화덕이 제대로 안 돌아가죠! 당연히 들어 보셨겠지만.

여종업원 한 명, 엘리사가 모든 손님을 상대한다. 장은 그녀가 당당하게 접시와 유리병을 나르고, 남자들의 추파와 손길을 피하는 모습을 지켜본다. 그녀는 니농과 비슷한 나이다.

시칠리아나 시키신 분?

여기야 리세타, 오텔로한테 주세요, 여기.

오늘은 왜 이렇게 심각해, 리세타. 어제 잠을 잘 못 잤나?

남자친구가 밤새 잠을 안 재웠나, 리세타?

콰트로 스타지오니는요? 그녀가 한숨 쉬듯 말한다. 콰트로 스타지오니 시키신 분?

엘리사의 손목도 니농만큼이나 가늘다.

리세타! 좀 웃어 주시고 물 더 갖다 줘.

처음에는 당나귀 한 마리와 시작했죠, 페데리코가 끼어든다. 요즘은 제 고물상이 롬바르디아에서 가장 큽니다. 십오 헥타르 부지에 폐품들이 가득해요. 지노 일 때문에 잠이 안 와서 고물들 사이를 돌아다닙니다. 그것들이 일종의 평화를 전해 주거든요. 가만히 있는 그 물건들이 평화를 주는 거죠. 제가 가지고 온 고물들은 원래는 움직이라고 만든 것들입니다. 돌아가기 위해서, 라고 사람들은 말하죠.(웃음) 지금 그것들 하나하나는 가만히 있습니다. 그 주위에는 거의 같은 물건들 수백 개, 수천 개가 똑같이 가만히 있죠. 날씨는 영하가 틀림없습니다. 몇몇 고철 더미에서 말소리가 들려요. 아직 귀는 멀쩡합니다. 공기가 얼음같이 차가운 날이면 고철에서 쩡쩡 소리가 나죠. 걸음을 멈추고 귀를 기울이면, 고철 더미가 완전한 문장들을 소리 내어 말합니다. 영하의 날씨에서는 고철들이 종종 그렇답니다. 찌는 듯이 더운 여름밤에는 얇은 금속 조각들이 소리를 내죠, 매미처럼 말입니다. 설명을 드리고 있는 겁니다, 위원님. 저를 변호할 준비를 하실 수 있게요. 제가 어떻게 결심을 하게 되었는지 설명을 드리는 거예요. 아주 차분하게 했습니다, 위원님. 고철 더미에서 나는 소리도 그 밤의 고요함을 방해하지는 않으니까요.

고철 더미가 말하는 지혜는 폭력적이지 않습니다. 그래서 저는 평화로운 마음으로 사무실로 돌아와, 내일 해야만 하는 일에 대해 확신을 가질 수 있습니다. 그 아가씨에겐 겪어야 할 고통이 아직 많습니다. 어쨌든 벌을 받은 거니까요. 그리고 이렇게 해서 지노를 구할 수 있습니다. 제가 재판을 받게 되면, 위원님의 도움을 받아, 이 모든 상황을 알리고, 그러면 온 나라의 아버지들이 저를 지지하겠죠. 아솔라의 고물상은 국민적 영웅이 될 겁니다. 하지만 저는 그 두 사람을 위해 이 일을 하는 겁니다. 어떤 총이 제일 좋을까요? 사르데냐의 변호사에게서 산 베레타 921이 어떨까 싶습니다. 위원님도 누군지 아실까요? 거기서는 아고스티노라고 불리던 사람입니다만. 칼리아리에서 자신을 보호하기 위해 산 총이라고 하더군요. 거기서는 변호사도 총이 필요하다고 말입니다. 그 사람이 실탄 한 통과 함께 그 총을 제게 팔았죠.

98

자기가 매일매일 나한테는 행복이야, 신문팔이 모자를 쓴 한 남자가 엘리사에게 말한다.

지금 계산하시겠어요? 엘리사가 장 페레로에게 묻는다. 장은 루치아노가 이제 막 피자를 꺼낸 화덕을 넋 나간 사람처럼 쳐다보고 있다.

내가 너무 가까이 다가갔던 모양이다, 지노. 그 아가씨의 눈에서 고통을 보고 말았지. 너무 고통스러워서 더 이상의 고통이 들어갈 자리가 없어 보이더구나. 그때 아가씨가 웃음을 터뜨렸고, 나는 할 수가 없더구나. 커피 한 잔 마시고 그냥 나왔다. 할 수가 없더구나.

지금 계산하시겠어요? 엘리사가 장 페레로에게 한 번 더 묻는다.

저기 점화 플러그 더미 보이지? 철도 화물칸 하나를 가득 채울 정도로 많구나. 원래 점화 플러그의 자기(磁器) 부분은 재활용을 할 수 있거든. 모든 걸 분류해야 하는 거야. 같은 것들을 한데 모으고, 비슷한 것과 비슷하지 않은 것들을 나눠야지. 그게 내가 평생 해 온 일이다. 사람들은 모든 걸 섞어 버리지. 모든 걸 같은 장소에 던져 버리잖아. 그렇게 쓰레기가 쌓이는 거지. 쓰레기 같은 건 없다. 쓰레기는 우리가 물건들을 버리면서 만들어내는 혼란일 뿐이야.

그 아가씨를 포기할 수 없다고, 네가 말했지. 포기하고 싶지만, 할 수가 없다고. 그게 이미 쓰레기인 거야, 지노. 그 아가씨를 포기하고 싶지 않다고 말하지만, 그럴 수 있다는 건 너도 잘 알고 있을 거다. 그 아가씨도 자기를 떠나라고 여러 번 이야기했지. 네가 그 아가씨를 떠난다고 해서 뭐라고 할 사람은 없다. 너희에겐 미래가 없는 거야. 너와 그 아가씨보다는 저기 쌓여 있는 라디에이터에 미래가 더 많겠다. 그나저나 '떠나다'라는 말 자체가 잘못된 거야. 떠나려면 우선은 현관문을 같이 써야 하는데, 너희 둘은 같이 살아 본 적이 없으니까 말이다. 그러니까 떠나고 말고 할 문제가 아닌 거지. 문제는 더 나아가지 않는 것, 멈추는 거야. 그런데 너는, 더 나아가고 싶어 하는구나. 이유는 묻지 않으마. 텅스텐이라는 금속이 왜 존재하는지 묻지 않는 것과 마찬가지다. 텅스텐이라는 금속이 있는 건 분명하니까.(웃음)

사랑도 그런 거 아니겠냐. 너한테는, 사랑이 텅스텐만큼이나 무겁겠지. 너는 그 프랑스 아가씨에게 네가 줄 수 있는 건 모두 주고 싶겠지. 그렇다면 잘 나눠서 따로 생각해 보자. 너는 그 아가씨를 사랑하지. 그 아가씨는 죽을 테고. 죽는 건 우리 모두 마찬가지지만, 그 아가씨는 더 빨리 죽을 거야. 그렇다면 서둘러라. 너희가 아이를 가질 수는 없겠지. 그 꺼림칙한 것을 다음 세대에 물려주는 위험을 감수할 수는 없으니 말이다.

옛날 사람들은 금속이 땅 밑에서 만들어지는 거라고 믿었다. 모든 금속이 말이야. 수은과 황이 섞이면서 만들어진다고 했지. 콘돔 쓰고, 지노, 그 아가씨랑 결혼해라. 너는 바이러스가 아니라 한 여인과 결혼하는 거야. 고철이 곧 쓰레기는 아니다, 지노. 그 아가씨랑 결혼해.

전차가 모퉁이를 돌면서 바퀴 긁히는 소리가 난다. 즈데나의 아파트 창문 아래를 지나가는 십일번 전차다. 즈데나는 타일을 붙인 벽난로가 있는 방에서 블라우스를 다리고 있다. 바닥에는 여행 가방이 열린 채 놓여 있다. 이미 짐은 다 싸 두었다.

클레어 아주머니가 빨래 너는 걸 도와주곤 했어요. 우리 둘이서 플라스틱 대야를 들고 함께 마당으로 나갔죠.(아기 목욕시키기에 딱 알맞은 그런 대야였어요.) 이제 다시 그런 일은 못 하겠죠. 대야는 파란색이었어요. 풀밭 위에 거위들이 있었고요. 대야에서 빨래를 하나씩 집어서 빨랫줄에 널고 집게로 고정했어요. 저는 앞치마 주머니에 집게를 담아서 나갔죠. 플라스틱 집게인데, 아기들 장난감처럼 빨간색과 노란색이었어요. 제 아기들은 모두 죽임을 당하고 말았네요.

빨래를 다 널고, 골짜기에서 불어오는 바람에 빨래가 펄럭이면, 클레어 아주머니와 제가 대야에 그 많은 것들을 담아 왔다는 사실에 늘 놀라요. 온 마당을 가득 채울 만큼 많아요. 지노가 밴에서 짐을 내릴 때도 비슷하게 놀라곤 해요. 그렇게 많은 장비들이 모두 메르세데스 D320에 들어갈 줄은 몰랐어요. 나무살이 있는, 우산버섯처럼 생긴 차양 아래, 지노는 청바지, 코트, 사냥 재킷, 모자, 수영복, 셔츠, 스웨터, 반바지, 헤어밴드, 목도리, 정장, 레인코트, 샌들, 목욕 가운, 기모노 등을 늘어놓죠. 짐을 내리는 일을 돕는 건 못 하게 해요. 자기는 손님들이랑 이야기해, 그가 말해요. 자기 웃게 하려고 손님들이 옷을 살 거야! 그가 파는 목욕 가운 중에 제가 이집트 튜닉이라고 부르는 게 있어요. 지노는 그 옷이 걸려 있는 옷걸이에 '이집트 장옷 구만구천 리라'라고 적어 놓았죠.

며칠 전 지노가 저더러 밴에 가서 손님이 입을 초대형 티셔츠를 갖다 달라고 한 적이 있어요. 그 손님은 너무 뚱뚱해서 텐트만 한 셔츠가 필요해 보였죠. 밴 안에, 남자 수영복 더미 뒤에, 지노의 손글씨가 적힌 편지처럼 보이는 종이가, 차체의 금속 부분에 스카치테이프로 붙어 있었어요. 누구에게 편지를 쓴 걸까, 하고 생각해 봤어요. 왜 편지를 거기 붙여 놨을까요? 얼른 봐도 상품 목록이 아닌 건 알 수 있었어요.

저는 쪼그리고 앉아 그 편지를 읽어요. 이렇게 적혀 있죠. 나의 사랑, 너는 어여쁘고 흠이 없구나. 네 입술에서는 꿀방울이 떨어지고, 네 혀 밑에는 꿀과 젖이 있고, 네 의복의 향기는 내 고향의 향기 같구나. 나의 신부는 잠근 동산이요 덮은 우물이요 봉한 샘이구나. 네 의복의 향기는 내 고향의 향기 같구나.(「아가서」 4장 7-14절—옮긴이) 편지 끝에 대문자로 제 이름이 적혀 있어요. '니농'이라고.

저는 당장 밴에서 뛰쳐나와 사람들이 보는 앞에서 그에게 소리쳐요. 거짓말쟁이에 사기꾼이라고.

성경에 나오는 말이야, 그가 말해요.

엿 먹어, 제가 말해요. 너도 내가 어떤지 알면서….

멀어 버린 내 눈앞에 이 이야기의 일부처럼 보이는 게 나타나지만, 어떻게 그렇게 되는지는 알 수 없다.

그 십자가는 삼나무 같은 귀한 목재로 만든 것이 아니다. 평범한 목재, 콘크리트를 붓는 틀을 만드는 그런 나무다. 고개를 숙인 그리스도의 머리카락이 그의 한쪽 눈을 가리며 얼굴 위로 흘러내린다. 그의 발에 박힌 못, 그리고 장갑 낀 손으로 그의 머리에 씌운 가시 면류관이 인간의 잔인함을 영원히 드러내고 있다. 이 잔인함은 뭐든 이용할 수 있다. 그리스도가 육신을 지니고 있는 건 그런 이유다. 그의 육신 또한 사랑받는다. 그는 배신당하고, 버림받았고, 외면받았으며, 그리고 사랑받았다. 그의 육신이, 핏기 없고, 연약하고, 파멸한 그 몸이 사랑을 보여 준다. 어떻게 아느냐고는 묻지 마시라. 죄인들에게 물어보고, 아이들에게 물어보고, 막달레나에게 물어보고, 어머니들에게 물어보시라….

즈데나는 다림질을 마치고 곱게 갠 블라우스를 여행 가방 안의 다른 옷과 주머니, 세면 용품 위에 올려놓는다. 바닥에 무릎을 꿇고 앉아 가방을 닫고, 창 너머의 아카시아 나무를 바라본다. 빠트린 건 없을까?

클레어 아주머니는 새를 좋아하십니다. 부리가 빨간 아주머니의 거위들은 제가 학교에서 돌아올 때면, 작은 골목에 들어서자마자 알아보죠. 거위들이 꽥꽥거리면 아주머니가 집 앞으로 나와 저랑 이야기를 하는 거예요. 녀석들은 늘 거기 있어요, 거위들이요. 매일 아침 잠을 깨워 주고, 집을 지키고, 알을 낳고, 또 누가 오면, 꽥꽥 울지를 결정하기 전에 꼭 고개를 들고 두 번씩 쳐다보죠. 풀이 너무 자라서 시야를 가릴 때면, 인두 같은 발로 그 풀을 눌러요. 한쪽 발이 다치기라도 하면, 제가 발을 다쳤을 때처럼 절뚝거리죠.

포 강을 따라 공기가 너무 무거워서, 제비들은 낮게 내려온 벌레를 잡기 위해 무릎 높이로 날고 있다. SS343 도로를 따라 늘어선 마을에서, 먼지와 암탉들이 뭔가를 기다리듯 가만히 있다. 한쪽 발을 들고, 부리를 벌린 채. 어디에나 전류가 흐르는 것 같다. 건널목의 빗장이 천천히 내려오고, 경고음이 울리고, 빨간불이 깜빡인다. 장 페레로는 속도를 줄이다 멈춘 후, 두 발로 땅을 짚은 채 등을 편다.

알았어요, 아빠. 안 될 게 뭐 있어요? 부활절에 아테네에 데려다주세요. 할 수만 있다면 세계 일주도 하고 싶어요. 내가 두고 떠나는 게 뭔지 알면 좋을 것 같아요. 아테네까지 경비는 충분해요?

화물 열차가 지나간다. 신호수는 예순네 개의 화물칸을 센다. 그리고 첫번째 빗방울이 떨어진다. 시작은 아주 드문드문하게, 물방울 열매 같은 빗방울 하나하나가 포장도로 위에 떨어지고, 자그마한 물의 씨앗들이 사방으로 흩어진다. 그가 연료 탱크 위로 몸을 숙이고 오토바이는 속도를 내며 사라진다. 그들이 속도를 높이는 동안 비도 점점 더 빠르게 내린다. 포 강에 빗줄기가 내리쳐 어부들도 강 건너를 볼 수가 없다. 그는 아무것도 보이지 않아 얼굴 가리개를 연다. 빗줄기가 눈과 얼굴에 떨어지고, 그는 '피아데나'라는 표지판을 알아본다. 그가 들어서려는 도시의 이름이다.

광장에는 사람이 없다. 오토바이에서 내린 그는 비를 피하기 위해 서둘러 가까운 처마 밑으로 들어간다. 자리를 잡은 그는 먼저 젖은 몸을 턴다. 건물 입구에서 비가 지나가기를 기다리고 있던 어린 학생들이, 코미디언이라도 되는 듯 그를 쳐다본다.

비가 많이 오네, 그가 말한다.

우리는 익숙해요. 우리한테 자꾸만 오줌을 싸는 거예요.

너희들 학교니?

여기는 박물관이에요.

박물관?

고고학 박물관이요. 예방주사 맞으러 온 거예요, '따끔'. 저기 뒤에 있는 건물이 적십자 사무소거든요.

포 강이 넘칠 때도 있어요, 다른 아이가 외친다. 홍수, 대홍수요!

포 강이 제방을 무너뜨리면, 아무도 못 막아요!

마지막 홍수는 십일 년 전이었어요!

십사 년 전이야!

십일 년!

박물관은 어느 쪽이니?

저기 큰 문으로 들어가시면 돼요.

그는 그 문을 열고 들어간다. 조명이 희미하고 사람이 없는 기다란 전시실에서, 늘어선 조각상들 사이를 걷는다. 전시실의 천장은 유리로 되어 있고, 빗줄기가, 이제 우박으로 바뀌어 유리판을 사납게 때린다. 그는 우박이 유리로 된 천장을 깰까 봐 다시 헬멧을 쓴다.

고대의 동전과 토기 들이 놓인 곳을 지난다. 그는 한 진열장 앞으로 다가가 안을 들여다본 다음, 마치 핀볼 기계처럼 진열장 양쪽에 손잡이라도 있다는 듯이 양손으로 진열장의 옆면을 잡는다.

진열장 안에는 먼지가 앉은 갈색 벨벳 천 위에 금목걸이가 하나 놓여 있다. 타자기로 작성한 안내 카드에는 기원전 1500년이라고 되어 있고, 물음표가 붙어 있다.

그 목걸이는 금으로 된 대롱들을 실에 꿰어 만든 것이다. 대롱 하나하나는 어린아이 손톱 정도 되는 길이다. 대롱 세 개마다 그 사이에 너도밤나무 잎을 매달았는데, 크기는 실제 나뭇잎만 하다. 하지만 목걸이에 매단 황금 잎은 그 어떤 나뭇잎보다 얇다. 각각의 나뭇잎에 잎맥을 새겨 넣었고, 잎맥 하나하나는 백금으로 된 머리카락처럼 반짝인다.

그 목걸이를 하면, 걸을 때마다 황금 잎들이 가슴뼈와 쇄골 위에서 찰랑거릴 것이다. 가만히 서 있을 때면, 숨을 쉴 때마다 그 잎들이 살짝씩 움직이면서, 가볍고 상쾌한 금속성 소리를 낼 것이다. 그 목걸이를 두르면 세상 모든 나무의 나뭇잎들로부터 보호를 받는 듯한 기분이 들 것 같다.

신호수는 진열장의 경첩과 자물쇠를 찾는다. 주머니에서 칼을 꺼내고, 진열장 아래를 살핀다. 그는 망설인다. 결국 그는 진열장 전체를 살짝 들어 본다. 안에서, 목걸이의 나뭇잎들이 살짝 움직인다. 양손으로 진열장을 들고 가슴에 안은 채, 그는 몇 걸음을 옮긴다.

107

호메로스 시대 그리스 여인의 목소리를 들었다. 당신이 항해를 떠난 지 너무 오래되었어요, 칼리아스. 어디에 계신가요? 가까이 오세요. 저는 옷을 벗고, 목걸이도 풀어요. 나뭇잎들이 있는 금목걸이요. 그리고 한참 후에 (당신이 없는 동안 기억하지 않기로 한 그 모든 것들이 지나간 후에, 어쩌면 우리가 단 한 번 잠든 후에) 나는 등을 대고 누워요. 내 머리카락이 베개에 닿고, 나는 왼쪽 어깨를 위로 하고 오른쪽 볼을 이불에 대죠. 그러면 당신은 내 옆에 있으면서 동시에 내 뒤에 있고, 당신이 왼쪽 허벅지를 들어 내 두 허벅지 사이에 끼운 채 위로 밀면, 내가 거기에 올라타고, 나는 오른쪽 다리를 당신의 종아리에 닿을 때까지 뒤로 뻗고, 우리의 발목이 스치며 두 발이 교차하고, 당신의 왼팔이 나의 왼팔 아래로 들어와 내 가슴을 쥐고, 당신의 다른 쪽 손이 나를 넘어와 다른 쪽 가슴을 쥐고, 당신의 입이 나의 목덜미에, 당신의 코는 내 뒤통수의 오목한 자리에 닿고, 그렇게 우리는 하나가 되어서, 칼리아스, 내 왼손이 당신의 엉덩이를 쥐고… 칼리아스.

박물관에서 신호수는 진열장을 내려놓는다. 그는 목걸이를 훔치고 싶다. 그것을 사고 싶다. 자신의 딸이 그 목걸이를 두르면 좋겠다고 생각한다. 딸에게 그 목걸이를 주고 싶다. 딸아이가 그 목걸이를 영원히 가졌으면 좋겠다고 생각한다. 하지만 그 물건은 피아데나의 낡아 빠진 박물관에 남아 있을 것이다.

바깥의 거리에선 먼지가 씻겨 나간 냄새가 난다. 제비들은 광장에 있는 교회의 종탑만큼 높이 날고, 폭풍우가 지나간 후에 그렇듯,

사람들은 마치 새로운 시대가 밝아 온 것처럼 집 밖으로 나와 달라진 것이 없는지 확인한다.

세 젊은이가 돌로 된 벤치를 차지하고 있다. 흰색 티셔츠를 입은 남자 둘과 퀼트 조끼를 입은 여자 한 명. 그들은 미소 짓고, 무릎을 끌어안고, 서로에게 조금씩 기대기도 하며 함께 기다린다. 그들은 종종 그렇게 기다린다. 피아데나 같은 작은 도시, 도심의 건물들이 아무것도 가리지 못하는 이 평원의 작은 도시에서, 젊은이들은 인생이 중요해지는 순간을 기다린다. 그런 순간들은 아주 빠르게 왔다 가 버린다. 그 후에는, 아무것도 이전과 같지 않고, 그들은 또다시 기다린다. 이곳에서 시간은 종종 일 분도 안 되는 시합을 위해 몇 달 혹은 몇 년을 준비하는 운동선수의 시간과 비슷하다. 지금 그 젊은이들은 광장을 가로질러 자신들의 도시를 떠나는 오토바이 탄 남자를 지켜보고 있다.

즈데나는 넓은 계단의 오층 계단참에 서 있다. 카펫이나 벽지는 없고, 광을 낸 목제 난간뿐이다. 이미 여행 가방은 계단 맨 위에 내놓았다. 반쯤 열린 아파트 현관문 밖에서, 그녀는 거울과 책상, 커다란 창문의 레이스 커튼, 친구들이 늘어져서 수다를 떨곤 하는 안락의자, 서류들로 어지러운 커피테이블 등등을 잠시 살핀다. 개버딘 소재의 말쑥한 트렌치코트를 입은 그녀는, 현관문의 자물쇠를 아주 천천히, 아이를 재운 후 발뒤꿈치를 들고 방을 나서는 엄마처럼, 소리 없이 잠근다.

지노가 결혼을 원해요. 안 된다고 백 번은 말했어요. 그러다 지난주에 말했죠. 알았다고요. 저는 지노의 풀을 기억해요. 침대 위에 달아 두었거든요.

결혼식 마치고 함께 여행 가자, 그가 말했어요.

어디로?

아직 못 정했어. 정해도 말 안 할 거야. 비밀이야. 깜짝 선물. 그가 말했죠.

결혼식 하고 싶은 곳이 있어.

말해 봐.

포 강이 바다와 만나는 곳!

알았어, 그가 말했어요.

우리는 손만 잡을 거야! 제가 말했어요. 거기까지, 거기까지만이야.

고리노라는 마을에 사는 고모님이 계셔. 거기보다 더 바다 깊숙이 들어간 마을은 없을 거야. 고모님 댁에서 결혼하자.

6월에, 제가 말했어요.

6월 8일.

지노는 일 년의 모든 날이 무슨 요일인지 알아요. 시장에서 일을 하기 때문에 그래요.

수요일, 6월 8일, 고리노에서. 그가 말했어요.

장 페레로가 오토바이를 타는 모습을 보면 나는 니코스가 생각난다. 기지(Gyzi) 출신의 니코스. 우리는 함께 수영을 하곤 했다.(내가 눈이 멀기 전의 일이다.) 니키는 특히 바르키자 해안의 암벽에서 다이빙하는 것을 좋아했다. 진지한 자세로 암벽 끝으로 걸어가 자리를 잡고, 두 발을 모으고 숨을 깊이 들이켜면, 그는 마치 자신의 몸을 벗어난 것만 같았다. 그 몸에 그는 없었다. 자신의 몸을 다이버에게 내주고 그는, 니코스는 다른 곳에 있었다. 다이빙을 하고, 한 번 더 하기 위해 물 밖으로 나올 때, 몸이 젖은 사람은 다이버였지 그가 아니었다. 니코스는 그때까지도 허공 위의 어딘가에서 바다와, 다이버와, 암벽과 태양을 바라보고 있었다. 비아다나와 베르간티노 사이를 달리는 신호수도 마찬가지다. 그는 안장을 벗어나 허공 위에서, 자신의 오토바이와 도로와 운전자를 바라보고 있다. 도로는 포 강의 북쪽 제방을 따라 나 있는 작은 길이다.

학교 뒷산을 올라요. 돌멩이가 굴러떨어지지 않게 조심스럽게 발을 옮기고, 숨소리 외에는 아무 소리도 내지 않아요. 그렇게 하면 보초를 서는 마멋이 우리가 다가가는 걸 알아차리지 못할 테죠. 능선까지 오르고 나면, 만약 그날 녀석들이 나온다면, 마멋을 볼 거예요. 녀석들이 지난주에 겨울잠에서 깼다고 선생님이 말씀하세요. 눈이 녹으면 겨울잠에서 깬다고요. 눈이 녹으면 녀석들은 추위를 느끼고, 배도 고파요. 다섯 달 동안 아무것도 먹지 못했으니까, 몸의 지방은 모두 써 버렸고, 뼈가 아프죠. 그래서, 눈을 비비며 몸에 다시 피가 돌게 하는 거예요. 보초 마멋이 몸을 일으키고, 경고 신호를 보내려고 해요. 우리를 봤으니까요. 거기 누구세요? 녀석이 물어요. 친구야, 제가 말하죠.

만약 지금 보초 마멋이 묻는다면요. "거기 누구세요?"라고 묻는다면, 저는 대답할 거예요. 전염병이라고.

신호수와 오토바이는 거대한 강물 옆을 따라 이동하며 방향을 바꾸는 동안 하나의 생명체가 된다. 지시와 움직임 사이의 간극은 시냅스를 통한 신경의 전달만큼이나 빠르다. 이 하나의 생명체를, 팔꿈치와 손목의 긴장이 풀리고, 검은색 흉곽이 오토바이의 빨간 몸통으로 이어지고, 발끝은 지면을 향한 채 발바닥이 지나온 도로를 향하고 있는 그 모습을, 장 페레로는 여전히 바라본다. 하늘 위에 있는 그는, 절대 잊지 못할 고통을 지니고 있다. 지금 이 순간, 오토바이를 타고 달리는 자신의 모습을 보고 있는, 자유로운 그 순간에도 그는 고통을 잊지 못한다.

아빠 오토바이는 아주 커요. 거위만큼, 땅에 바짝 엎드린 넓적한 거위만큼 크죠. 저는 아빠 오토바이가 마음에 들고, 그 오토바이의 뒷자리에 앉아요. 목이 뻐근할 때면 아빠 등에 머리를 기댑니다. 우리 오토바이를 타면, 모리엔의 제재소를 지날 때쯤에는 지구가 기울어요, 빨리, 빨리.

장 페레로는 산 베네데토의 선착장 근처에서 멈춘 후 오토바이를 잠그고 강 쪽으로 걸어간다. 강의 폭이 일 킬로미터나 된다. 강가를 따라 제방이 이어진다. 지난 세기에 그 제방을 쌓으면서, 홍수의 위험이 있을 때마다 순찰대를 돌렸다. 순찰대는 남자 두 명이 한 조였고, 삽과 자루, 사냥용 뿔 나팔, 그리고 야간에는 손전등을 가지고 다녔다.

장이 제방으로 올라간다. 제방 너머는, 강물과 거의 같은 높이로, 풀밭 가장자리에 나무가 몇 그루 서 있는 배 끄는 길이 뻗어 있다. 그는 제방을 달려 내려가고, 거기서는 물소리를 제외한 어떤 소리도 들리지 않는다.

1872년 포 강이 범람했을 때, 사천 명의 남자와 백 명의 여자가 제방의 터진 부분을 막기 위해 칠 주 동안 천 조각을 꿰맸다.

장 페레로는 물가에서 몇 미터 떨어진 곳에 나란히 고정된 극장용 접이식 의자로 다가간다. 새똥이 지저분하게 묻어 있고 접합부에 녹이 슬었지만, 여전히 접었다 펼 수 있다. 그는 그중 한 의자에 앉아 등을 기대고 포 강을 바라본다. 하류 쪽에서 지빠귀 한 마리가 운다.

이건 기차 안의 군인들보다 더 나빠요, 아빠. 아테네에 다녀온 후였죠. 병원에서 만난 친구 필리포에게 들은 이야기예요. 그 친구도 아파요. 저처럼 치명적이죠. 그 친구 말이 밀라노에서는 아지도티미딘(AZT)을 대체할 다른 약을 나눠 주고 있대요. 그 약에 대해서 더 알고 싶었어요. 지노도 같이 갈 예정이었는데, 마지막에, 인도산 샌들 경매에 참석해야 하는 바람에 못 가게 됐어요. 수입업자 한 명이 파산을 하면서 싼 값에 물건을 받아 올 수 있을 것 같다고 하더라고요. 그래서 혼자 갔어요. 하루 종일 기다리다가 거의 마지막에 의사를 만날 수 있었죠. 의사는 제 혈액 수치가 적힌 자료를 두고 가라고 했어요. CD4 림프구 수치 같은 거요.

밀라노에 있는 마렐라의 친구 집에서 묵을 생각이었어요. 교외 지역으로 나가는 지하철을 타기 전에, 이런 생각이 들었어요. 교외 지역은 어디든 똑같으니까, 시내 구경이나 한번 할까? 밀라노 시내는 와 본 적이 없었거든요. 아빠가 오토바이로 제노아에 데려가 준 적은 있었죠, 제가 어릴 때. 그리고 올해 아테네에도 갔지만, 밀라노에는 와 본 적이 없었어요. 투광기 조명을 받은 두오모 성당은 마치 방금 그 자리에 내려앉은 것 같았어요. 텅 빈 광장에 이제 막 내려앉은 것 같았죠.

성당은 처음 지어졌을 때도 그 모습이었을 테지만(어쩌면 석재나 첨탑, 조각상들이 새것이어서 더 근사했겠죠), 그 시대에는 이렇게 묘사할 수는 없었을 거예요. 그때 사람들은 외계에 대해서도 몰랐고, 성당만큼 큰 물체가 하늘을 날다 착륙할 수 있다는 이야기도 들어 보지 못했을 테니까요. 그들이 할 수 있었던 건 새로 지어진 성당을 보며 휘파람을 불거나, 경의를 표하거나, 새로 등장한 놀라운 건물을 보기 위해 몰려든 사람들에게 물건을 파는 일 정도였겠죠. 혹은 기도를 할 수도 있었겠네요.

저는 안으로 들어가 에이즈에 걸린 모든 이들을 위해 초에 불을 붙였어요. 밖으로 나왔을 때는 어두워서 상점가를 걸었죠. 의상실은 문을 닫았고, 사람들도 거의 없었어요. 아직 열려 있는 식당에 들어가 아이스크림을 먹을까 하는 생각을 하는데, 갑자기 개 한 마리가 뛰어오르며 앞발로 제 몸을 짚었어요. 위험한 녀석은 아니었지만, 몸이 좀 무거워서 떼어내기가 어려웠죠. 저는 녀석을 쓰다듬어 준 다음, 앞발을 쥐고 몸을 뺐어요.

해치지는 않습니다! 어떤 남자가 말했어요. 남자는 개의 목줄을 쥐고 가짜 선장모자, 지노가 '선원들의 바나나'라고 부르는 모자를 쓰고 있었죠.

그냥 목줄로 묶어 놓으면 간단할 것 같은데요, 안 그래요?

그가 제 억양을 알아차렸어요. 이곳엔 일로 오셨나 보죠? 제가 최고의 샴페인 한잔 사 드리겠습니다.

저는 친구랑만 마셔요. 그렇게 말하고, 개를 밀어낼 때처럼 그 남자를 밀어냈죠.

아무렴! 친구랑만 드셔야지! 저기 다니엘레네 가게로 갑시다. 거기 내가 맡겨 둔 샴페인이 있으니까.

아저씨랑은 아무 데도 안 가요.

샴페인 한잔해요. 나쁠 것 없잖아? 그가 제 팔을 잡으며 말했어요.

놔 주시는 게 좋을 것 같은데요. 그는 턱과 입을 삐죽 내밀었고, 모피 옷깃에 가려서 목은 보이지 않았어요. 놔 주세요!

이유를 한 가지만 말해 봐요.

제가 그렇게 부탁하니까요.

잠시 후면 다른 걸 부탁하게 될 거예요, 미인 아가씨. 그리고 저녁이 끝나 갈 무렵에는, 많은 걸 부탁하게 될 걸 아마.

꺼지라고! 제가 말했어요.

이유 한 가지만 말해 보라고.

꺼지라고, 나 에이즈야.

그가 너무 세게 밀치는 바람에 놀랐어요.(머리를 보도에 부딪쳤죠.) 제 생각엔, 아빠, 제가 의식을 잃었던 것 같아요. 정신을 차렸을 때, 남자가 제 위에 버티고 서 있었죠. 그 남자 뒤로 중년 부부가 보였어요. 상점가를 지나 집으로 가던 길이었겠죠. 필기구 가게의 창이 기억나요.

도와주세요, 제가 외쳤어요. 도와주세요!

이 여자가 말입니다, 개를 데리고 있던 남자가 소리쳤어요. 이 여자가 에이즈 걸린 걸레입니다. 그걸 퍼뜨리고 있어요. 전염시키고, 감염시킵니다. 그게 이 여자가 원하는 거예요.

부부가 뭐라고 이야기를 했어요. 아내는 무거운 가방을 어깨에서 내리더니 저를 내려치려고 높이 들었어요. 그녀의 남편이 말렸죠. 상대하지 말자고, 그 남편이 말했어요.

최악은 그들의 말이 아니었어요. 최악은 그들이 저를 너무 미워한다는 사실이었죠. 저에 관한 모든 걸 미워했어요. 누군가의 모든 것을 사랑한다는 말이 있죠. 그 사람들은 모든 걸 미워했어요. 하나도 남기지 않고.

갑자기 그 개가 귀를 세우고는 광장과 성당이 있는 쪽을 향해 상점가를 따라 달렸어요. 어찌나 서두르는지 대리석 보도에서 발이 미끄러질 정도였죠.(발톱이 대리석에 긁히는 소리가 났어요.) '선원들의 바나나'도 개를 따라 달릴 수밖에 없었어요. 가방을 들었던 중년 부인은 놀란 듯 작은 비명 소리를 내며 물러났어요. 저는 얼른 일어나서 저를 밀어 넘어뜨렸던 그놈을 쫓아가려 했어요. '센차 팔

라(Senza Palla, '불알도 없는 놈'이라는 뜻의 이탈리아어—옮긴이)'
라고 소리를 질렀어요. '겁쟁이 같은 놈! 겁쟁이 같은 놈!'이라고 외
쳤죠. 남자는 모자가 땅에 떨어져도 멈추지 않고 개와 함께 내뺐어
요.

절뚝거리며 필기구 가게 근처로 돌아왔어요. 마치 거기가 매일
저녁에 와서 앉던 자리라도 되는 것처럼 모자이크로 된 보도 위에
앉았죠. 뭔가 분명한 일을 할 수만 있다면, 그 일이 무엇인지는 중
요하지 않았어요.

바닥에 떨어진 그 빌어먹을 모자가 보였어요. 둥근 유리 지붕이
있는 상점가에 앉아서, 울었어요. 제 눈물이 아빠가 있는 산악지대
의 바위를 굴려 떨어뜨릴 때까지 울었죠.

우리 극장 마음에 드세요? 젊은 남자의 목소리가 묻는다.

여기 의자를 놓은 게 그쪽이신가? 장이 묻는다.

친구들이랑 했어요, 네.

겨울에는 덮어 두고?

여기 앉아서 미래에 대해 생각하는 걸 좋아해요. 저는 열여덟 살
이에요. 루나틱은 열일곱, 테네브리움은 열다섯 살이고요. 걔가 제
일 재능이 많아요, 테네브리움이요. 어떤 웹사이트에서든 관리자
지위를 얻을 수 있는 친구죠. 혹시 폴란드 분이세요?

아니, 프랑스 사람입니다.

길에 세워 둔 선생님 오토바이에서 프랑스 번호판 봤어요. 그래
도 선생님 억양을 듣고 폴란드 분이신가 했습니다. 저희가 그단스
크에 가 보고 싶어서요.

그렇군요.

그단스크에서 활동하는 천재가 한 명 있거든요.

거기서 무슨 활동을 하시는데?

저라면 도로에 오토바이를 세워 두진 않을 거예요. 만투아 인근에서 활동하는 도둑놈들이 있거든요. 오토바이 이리 가지고 내려오세요. 여기 저희랑 있으면 안전해요.

이 길이 도로랑 만납니까?

저기 위에 페리 있는 곳에서요, 네. 오 분도 안 걸려요.

그럼 저는 이만 가 봐야겠네요, 장 페레로가 말한다.

저기 물가에 오두막 보이시죠. 저희끼리는 숙박소라고 부르는데, 있을 건 다 있어요. 가시기 전에 저희랑 콜라 한잔하세요. 야! 루나틱, 이리 나와. 이분이 빨간 혼다 CBR 주인이셔!

아름답네! 소년은 오토바이를 살피며 말한다.

이쪽은 루나틱이에요, 극장 의자로 다가온 청년이 말한다. 저는 세례 요한이고요. 저기는 테네브리움.

저희 활동명 마음에 드세요?

활동명?

신분증처럼 사용하는 이름이요. 선생님은 뭘로 하시겠어요?

선로 반사(trackshine), 장이 말한다.

어디서 온 말이에요?

신호수들이 쓰는 말입니다, 선로 반사!

이런 오토바이는 새것으로 사면 얼마나 해요?

비싸지, 장이 말한다.

팔만오천 킬로미터나 달리셨네요, 테네브리움이 계기판을 보며 말한다.

테네브리움은 열여덟 살이 되면 오토바이를 사고 싶어 해요, 세례 요한이 말한다. 그러려면 여기저기 다니면서 돈을 벌어야 해요.

다들 직업이 있으신가? 장 페레로가 묻는다.

아무도 없어요. 저희는 파르마에서 부모님이랑 같이 살아요. 여기 숙박소에서 지낼 때가 아니면요. 여기는 조용히 쉬려고 오는 거예요. 파르마에서는 여기저기 돌아다녀요.

돌아다닌다고?

온 세계를요, 루나틱이 말한다.

그단스크에 천재가 있다는 것도 그래서 아는 거예요, 세례 요한이 말한다.

그단스크에 있는 그 사람은 크런치 선장만큼 위대해요, 테네브리움이 말한다.

크런치 선장?

크런치 선장이 누군지 말해 줘도 괜찮을까?

먼저 시험해 봐야지.

귀찮게 해 드리면 안 돼, 조용히 콜라 드시게 내버려 둬.

모든 게 아름다워요, 세례 요한이 말한다. 존재하는 건 모두, 사악함만 빼고, 아름다워요.

이 형 활동명이 얼마나 잘 어울리는지 아시겠죠? 루나틱이 말한다. 활동명이 세례 요한이에요. 그래서 성경 말씀 같은 이야기를 하죠.

여기서 일 초에 물이 얼마나 흘러가는지 아세요? 테네브리움이 묻는다. 짐작도 못 하실 거예요. 일 초에 천오백 입방미터예요! 진짜예요.

천국에서 보면, 세례 요한이 탁한 강물 건너 반대편 제방의 작은 나무들을 바라보며 말한다, 사악함을 제외하고는 모두 아름다워요. 저 하늘 위에선 미학 같은 것도 필요 없죠. 여기 지상에서 사람들이 아름다움을 찾는 건, 그것이 희미하게나마 선한 것을 떠올리게 하기 때문이에요. 그게 미학의 유일한 존재 이유죠. 이미 사라져 버린 것들을 떠올리게 하는 거요.

저기 바르키노 탄 남자 좀 보세요! 루나틱이 말한다.

여기서는 물살을 느낄 수가 없어요. 물가까지 가면 거기서 계시를 얻는 거죠. 그건 저항할 수 없어요.

저기요, 아저씨! 테네브리움이 말한다. 오토바이 한번 태워 주시면 안 될까요?

어두워질 때까지, 장 페레로는 배 끄는 길을 아래위로 달린다. 처음엔 테네브리움을 뒤에 태우고, 그다음엔 루나틱, 마지막으로 세례 요한까지. 그는 천천히 달리며 흘러가는 강물을 바라보고, 강물은 점점 더 친숙해진다. 한 번씩 오갈 때마다, 마치 강을 건너는 나룻배의 사공이 된 것만 같다.

출발과 도착을 알리는 안내 방송은 알아들을 수가 없고, 기차역의 소음이 모든 것을 빨아들이는 것 같다. 브라티슬라바 중앙역의 대합실에서 나는 즈데나를 찾고 있다. 그녀는 없다. 택시들이 대기 중인 역 앞으로 나갔을 때, 거기서 어떤 남자의 목소리가 들린다. 누구인지는 알 수 없다.

너무 늦지 않게 발견한, 회색 메르세데스 500SL 한 대가 멀리 핫도그 가판대 옆으로 들어오고 있다. 블라디가 짐수레를 다시 가득 채웠다. 오늘 오후에만 세번째다. 백 냥, 짐을 들고 늦게 도착한 승객에게 바가지를 씌웠다면 이백일 수도 있다. 메르세데스 500SL 운전자와 눈을 마주쳐야 한다. 자신감을 갖고 똑바로 봐야 한다. 자신감이 없으면 나는 그저 개새끼일 뿐이다. 머리, 목, 어깨, 오른손, 표정까지 신경 쓰면서, 자신감을 가지고 메르세데스 500SL을 잡기 위해 애를 쓴다. 마치 내가 주차할 자리를 맡아 놓은 것처럼, 내가 제복을 입고 있고, 뾰족한 챙 모자를 쓰고, 광이 나는 구두를 신고 있는 것처럼, 낡은 아노락 셔츠와 털모자와 끈도 없는 구멍 난 운동화 차림이 아니라 말이다. 운전자와 눈을 마주쳐야 한다. 일단 눈을 맞추고 나면 빈 주차 구역은 내 것이 된다. 이미 그가 먼저 발견했을 수도 있지만, 일단 눈을 맞추고 나면, 그건 그의 것이 아니라 내 것이다. 내가 그를 위해 비워 둔 자리가 되는 것이다. 바로 일 분 전에 생긴 빈자리이고, 내가 번개같이 낚아챈 것이다. 그가 주머니를 뒤지고, 나한테 백을, 운이 좋다면 이백을 건넬 것이다. 필스너 캔맥주 하나 정도 얻을지도 모른다. SL 잘 지키고 있겠습니다, 선생님. 우리 직원이 늘 주변에 있습니다. 선생님, 걱정 마세요. 사백 혹은 오백일 수도 있다. 운전자와 눈을 마주치지 못했다. 그는 나를 쳐다보지도 않는다. 적어도 문을 열어 줄 수는 있다, 손잡이를 잡고. 운전자는 내 손이 닿지 않게 문을 연다. 리모컨으로 문을 잠그고 성큼성큼 멀어진다. 내 이름을 걸 만한 빈자리가 더 이상 없다. 이름이 없다. 나는 그저 '거기 그 개새끼'일 뿐이다. 아노락 주머니에, 잭나이프를 가지고 있다. 거기 있었고, 그렇게 가지고 다니곤 했다. SL의 타이어를 찢어 버릴 수도 있다. 아무도 모를 것이다. 검은색의 러시아제 질(ZIL)이 한 대 들어온다. 옆 유리에 커튼이 쳐져 있는 리무진이다. 운전자는 백인. 원한다면 나를 그대로 치고 지나갈 수도 있다. 운전자가 지금….

123

주무시고 가세요, 루나틱이 신호수에게 말한다. 여기 매트리스 있어요. 저희가 리소토 만들어 드릴게요.

크런치 선장이 어떤 사람이었는지 말해 줄래?

어떤 사람'인지'라고 해야죠. 아직 살아 있어요. 숨어 있어요.

2600 헤르츠 신호라고 들어 보신 적 있어요? 테네브리움이 묻는다.

신호수가 고개를 젓는다.

벨 전화 회사에서 장거리 통화를 할 때 쏴 주는 높은 라 음이에요. 그런데 자신을 크런치 선장이라고 밝힌 남자가, 퀘이커 오츠 사에서 '캡틴 크런치' 시리얼에 사은품으로 넣어 준 장난감 호루라기의 구멍에 풀을 조금만 발라 주면 완벽하게 그 벨 사의 라 음을 만들어낼 수 있다는 걸 발견한 거죠.

무슨 이야긴지 아시겠어요? 세례 요한이 묻는다.

알다마다.

그래서, 전화기에 대고 이 장난감 호루라기를 불어 주면, 크런치 선장은 벨 사의 전화선으로 연결된 가상공간에 들어갈 수 있었던 거예요. 그런 식으로 자신의 전화에 요금이 부과되지 않게 하면서 장거리 전화를 쓸 수 있었죠. 온 세계에 공짜로 전화를 걸 수 있었다고요! 어디에서 주고받는 전화든 들을 수 있었고요! 무려 이십 년 전의 일이에요. 나중에 그는 컴퓨터 쪽으로 진출해서 지금은 전 세계 해커들의 대장이 되었죠.

지금 저희가 아는 건 거의 다 그 사람이 시작한 거예요, 세례 요한이 말한다. 체제를 깨고 들어가는 게 가능하다는 걸 보여 준 사람이죠.

'실리콘 형제애'라는 말을 만든 사람도 그 사람이에요, 테네브리움이 말한다. 덕분에 우리는 전 세계에 걸쳐서 수천 명의 결합체가 되었죠. 그단스크에 있는 그 천재를 포함해서요. 우리는 그가 만든 게시판에 접근할 수 있기 때문에 아는 거예요.

우리가 바이러스도 만들었어요.

그게 우리가 주로 하는 활동은 아니지만요.

우리도 먹고살려고 해킹을 하는 거예요, 루나틱이 말한다. 이 지구에서 살아남기 위해서요.

그리고 우리를 제거할 수 없고, 앞으로도 그럴 수 없다는 걸 보여 주기 위해서요. 우리는 뭐든 다운로드 받을 수 있어요.

천국은 살기 위한 곳이 아니죠, 세례 요한이 말한다. 거기는 잠깐 방문하는 곳이에요.

제가 아저씨 오토바이 뒷자리에서 무슨 생각했는지 아세요? 루나틱이 말한다. 어딘가를 가려면 아저씨도 표지판을 찾으시잖아요, 그렇죠? 가려는 곳을 알려 주는 표지판이요. 일단 그것만 찾으면 길은 어디로든 아저씨를 이끌어 가는 거잖아요. 숲을 가로지르고,

강물을 따라 달리고, 학교와 공원과 병원을 지나고, 교외 지역을 가로지르고, 터널을 통과하고, 그 길이 아저씨를 어디로 이끌든, 표지판에서 읽은 이름에서 그곳에 대한 어떤 의미를 떠올리게 되잖아요. 우리가 여기저기 떠돌 때도 마찬가지예요. 일단 백도어를 통해 접속에 성공하면, 우리가 뭘 찾는지 아는 거예요. 제 생각에 인생에서는요, 알게 된 무언가에 대해 의미를 주는 건 장소가 아니라 사람인 것 같아요. 아끼는 사람이나 존경하는 사람이요. 지금 제 생각은 그래요, 프랑스 아저씨.

우리는 이 지구에서 살아남기 위해 해킹을 하는 거예요, 세례 요한이 한 번 더 말한다.

차량이 흔들리고 있다. 뜨거워진 바퀴는 선로가 아니라 아스팔트 위를 달린다. 부르릉거리는 엔진 소리, 소파 위에서 졸고 있는 아이처럼 뭔가 폭신한 것에 기대는 느낌, 슬로바키아어로 길게 이야기하는 누군가의 목소리, 뒷자리에는 신혼여행에 나선 부부가 있고, 신부는 아직 가슴에 장미를 달고 있다. 앞쪽에 앉은 유리제품 상인회 소속의 상점 주인들은 베네치아의 유리공방을 살피러 가는 길이다. 버스 안의 스피커에서는 보헤미아 춤곡이 흘러나오고, 맥주 냄새가 희미하게 난다. 즈데나는 브라티슬라바의 기차역 앞에서 버스를 탔다.

그녀 옆에는 대머리 남자가 앉았다. 남자가 입은, 줄무늬가 들어간 짙은 색 정장은 유행에 이십 년쯤 뒤처진 것이다. 두 시간째 나란히 앉아서 가는 중이지만, 두 사람은 한마디도 나누지 않았다. 빈에 도착한다고 해서 두 사람이 대화를 나눌 것 같지는 않다. 남자는 모자를 벗었고, 그녀도 신발을 벗었다. 그런 다음 두 사람은 좌석에

등을 기대고 각자 자기만의 세계로 빠져들었다. 그녀는 창밖을 내다보았고, 남자는 신문을 읽었다.

이제 남자는 서류가방을 열고 갈색 종이로 싼 뭔가를 꺼낸다. 포장을 벗기니 고기 샌드위치가 들어 있다. 샌드위치를 들어 보이며, 남자는 그녀에게 한 조각 내민다. 그녀가 고개를 젓는다. 남자는 어깨를 으쓱해 보이고는, 한 입 베어 문다.

오이피클이요, 남자가 입안에 음식이 가득한 상태로 말한다. 키슬로호르키가 점점 더 신맛이 강해지는 것 같지 않습니까?

그녀는 아무 말도 하지 않는다.

베네치아에는 처음 가시는 건가요?

네, 그렇습니다.

과묵해 보이는 외모와는 어울리지 않는 목소리다. 표현력을 익힐 필요가 없는, 표현력 자체를 타고난 가수의 목소리. 두 단어(네, 그렇습니다)만으로도, 마치 인생 전체를 전하는 소리처럼 들린다. 남자는 그녀보다 적어도 열다섯 살은 많아 보인다.

그녀는 다시 창밖으로 시선을 돌린다. 이제 곧 어두워질 것이다. 마지막 햇빛이 멀리 산악지대를 비추고 있다. 산봉우리 사이로 교회가 하나 보이고, 나뭇잎들, 길가를 따라 펼쳐진 수없이 많은 나뭇잎들은 버스가 지날 때마다 바람에 흔들린다. 마을의 삼층짜리 집들, 사과나무, 나무 울타리, 외롭게 서 있는 집 한 채가 보인다.

장담컨대, 베네치아가 마음에 드실 겁니다, 남자가 말한다.

저는 그냥 거기서 환승만 할 거라서요, 그녀가 말한다.

그 시간, 바깥의 농장에서는 닭들이 밤을 보낼 사육장 안으로 들어가고, 할머니 한 분이 신문지 뭉치와 불쏘시개를 화덕에 넣은 다음, 성냥을 찾는다.

오렌지 하나 드실래요? 베네치아에 가면 벌써 체리를 맛볼 수 있을 겁니다. 그다음엔 어디로 가시나요?

딸아이 결혼식에요.

좋은 일이네요, 그렇다면.

전혀요. 제 딸이 에이치아이브이 양성이라서요.

잠시도 머뭇거리지 않고, 즈데나는 가장 친한 친구에게도 말하기가 망설여졌던 이야기를, 낯선 사람인 그 남자에게 털어놓는다. 그녀는 자신이 아니라 그 남자가 놀라운 이야기를 꺼내기라도 한 것처럼, 남자를 바라본다. 머리가 벗어진 남자의 이마는 비단처럼 매끄럽고, 다림질을 하려고 물을 뿌린 것처럼 촉촉하다.

안된 일이네요, 그가 중얼거린다.

당연히 그렇죠!

버스 기사가 음악 소리를 줄이고, 오 분 후에 화장실 이용과 휴식을 위해 휴게소에 정차하겠다고 안내한다.

치료 과정이 오래 걸리고, 대머리 남자가 말한다, 그러는 사이에 어쩌면….

의사세요?

아니요. 택시 기사입니다.

그 말을 믿으라고요? 택시 기사께서 왜 버스를 타고 계세요?

운전이 지긋지긋해서요, 남자가 해명한다.

택시 기사 얼굴이 아닌 것 같은데요, 그녀가 반박한다.

그건 제 맘대로 되는 게 아니라서… 저 택시 기사입니다…. 어쨌든 베네치아에서는… 자동차가 아무 소용이 없으니까요. 베네치아에서는 걸어야 합니다.

즈데나는 입을 다문다. 어떻게 해야 할지 생각하는 것 같다.

택시 기사시라니, 믿기 어려워요, 그녀가 말한다.

우리 모두 믿기 어려운 것들과 함께 사는 거죠, 남자가 말한다.

129

상상도 못 했던 일들이요.

사십 분간 정차하겠습니다, 버스 기사가 말한다. 일 분도 지체하
시면 안 됩니다.

고양이는 가슴 위에 그대로 둬. 거기 있는 게 좋아, 지노. 그르렁거
리네. 고양이를 몸 위에 두면, 정전기를 없애 준다는 이야기가 있잖
아. 두려움이 있을 땐 정전기가 많이 생기지. 고양이는 두려워하지
않아. 아무것도 모르니까. 녀석의 온기가 그대로 내 뼛속까지 전해
질 것 같아. 녀석이 그르렁거리는 소리를 갈비뼈 사이에서 느낄 수
있어. 응, 불은 꺼 줘. 곧 잠들 것 같아.

버스로 돌아온 즈데나와 대머리 남자는(이름은 토마스인데) 깊은
대화를 나누고 있다.

딸아이를 만나면 뭐라고 해야 할까요? 거짓말은 견딜 수가 없어
요. 저는 평생 거짓에 맞서 싸웠고, 그 때문에 손해를 감수하기도
했거든요. 하지만 거짓이 저보다 더 강해요. 거짓말은 견딜 수가 없
어요.

거짓말을 할 수 없는 목소리를 가지고 계시네요. 거짓말을 할 수
없는 목소리들이 있죠.

그러면요?

거짓말을 하실 필요가 없습니다. 필요한 건 차분함이죠.

육 년 동안 만나지 못했어요. 짐작하시겠지만, 제 탓이죠. 제가
함께 지냈더라면, 딸아이한테 그런 일이 생기지 않았을 테니까. 돌
아오면 안 되는 거였어요. 아이와 함께 프랑스에 머물렀어야 했어

130

요. 그 아이에게는 제가 필요했는데, 당연히 제 탓이죠.

누구 탓을 할 건 없습니다.

너무 어려요, 너무 어려.

하느님의 사랑이….

에이즈에는 사랑이 없어요. 제가 과학자이기 때문에, 즈데나가 말한다, 알고 하는 이야기입니다. 사랑은 없어요, 단 한 조각도.

흥분하시면 안 됩니다, 시민.

시민이라! 저를 시민이라고 부르시는 분을 이번 주에만 두번째 만나네요. 사람들이 이전에 서로를 부르던 말들은 모두 폐기된 줄 알았는데.

그 말을 들어서 기쁘세요?

이제 더 이상 쓰지 않는 말이니까요. 네, 기쁜 것 같아요. 그 말을 사용할 때는 거기에 담긴 위선이 싫었거든요. 요즘 다시 들으니 제 십대 시절이 생각나요, 음악학교에 들어가는 꿈을 꾸던 그 시절이.

침묵이 흐르고, 두 사람 모두 회상에 빠진다.

그래서, 따님이 결혼을 하신다고요, 남자가 말한다.

어떤 이탈리아 남자가 딸아이한테 빠졌다고 하네요. 결혼해야 한다고 고집을 피우는 모양이에요. 미쳤죠.

그 남자도 아나요?

물론이죠.

왜 미쳤다고 하시죠?

이성적으로 보세요, 미쳤잖아요.

따님은 결혼을 원하지 않고요?

딸아이는 모든 걸 원하기도 하고, 아무것도 원하지 않기도 해요. 두 사람은 아기를 가질 수 없을 거예요. 딸아이 기분이 어떨지 저는 절대 알 수 없겠죠. 다른 사람들은 아무도 모르는 거잖아요. 하지만

131

여기서 느낄 수 있어요! 그녀는 슬라브어 단어 '두우캬(douchá, '입 안', '목'이라는 뜻의 슬라브어—옮긴이)'를 사용했다. 자신의 손을 목 아래에 갖다 대며 그 단어를 발음하는 모습을 보면, 작고 깃털처 럼 가벼운 사람이지만, 그녀의 갈망과 절망은 어마어마한 것임을 알 수 있었다.

차창 밖에는 나무들이 하늘보다 더 짙다. 버스 기사는 베르디 오 페라가 든 오래된 카세트테이프를 틀어 놓는다. 신혼부부는 꼭 껴 안고 있고, 상점 주인들은 맥주 캔을 딴다.

그 친구는 실업자인가요? 장래 사위 될 사람이요.

옷 장사해요, 남자 옷.

그러면 큰 매장에서 일하나요?

아니, 노점상이요. 이름은 지노예요.

루이지의 애칭이죠.

네, 택시 기사님.

그러니까, 아직 만나 보신 적은 없다고요?

이게 두 사람이 베로나에서 찍은 사진이에요. 딸아이가 보내 줬 어요.

아름다우시네요, 따님이. 벌써 이탈리아 사람처럼 보이는 걸요. 지노 이 친구는 코와 치아가 크고 손목이 긴 것이, 루카스 반 레이 덴이 그린 젊은 남자와 똑같이 생겼네요. 아주 오래전, 거의 오 세 기 전에 그린 드로잉이죠. 저희 집에 그 그림이 들어 있는 엽서가 있습니다. 루카스는 아마 알브레히트 뒤러를 만나고 몇 달 후에 그 그림을 그린 것 같아요. 두 사람이 안트베르펜에서 각자의 드로잉 을 교환했거든요.

그런 걸 어떻게 다 아세요?

지노와 반 레이덴의 드로잉 속 남자는 둘 다 독립심이 강합니다.

얼굴을 보면(치아와 코를 보면) 알 수 있어요. 신분과는 아무 상관이 없는 자질이죠. 이런 남자들은 절대 권력을 가질 수 없습니다. 이들은 기수(騎手)가 되죠. 한참 후에 미국인들이 이 기수를 카우보이라고 부르게 되지만, 레이덴의 그 젊은이는 미국보다 훨씬 역사가 오래됐습니다. 민담에서 말을 타고 나타나 사람들을 데리고 떠나는 그런 남자죠. 자신의 집으로 데리고 가는 게 아닙니다. 이 남자에게는 집이 없으니까요. 그는 숲 속에 천막을 치고 살아요. 그리고 계산하는 법은 절대 배우지 못합니다.

노점에서 옷을 팔려면, 계산을 해야 할 것 같은데요.

물건 값 계산은 하겠죠. 결과에 대해서는 못 합니다.

그래서 제가 미쳤다는 거예요. 자기가 무슨 짓을 하고 있는지 모르잖아요.

이 친구는 자기가 무슨 일을 하고 있는지 정확히 알고 있습니다. 저나 선생이 우리가 무슨 일을 하고 있는지 알고 있는 것보다 더 잘 알 거예요. 우리가 무슨 일을 할 때는요, 그러니까 무슨 일을 하기로 결정했을 때는, 이미 그 일을 마치고 나면 어떻게 될지를 생각하죠. 그 일이 지나갔을 때를 말입니다. 이 친구는 아니에요. 그는 지금 이 순간 자신이 무엇을 하고 있는지만 생각합니다.

포 강에서 낚시하는 일에만 빠져 있는 것 같던데요.

이 친구는 선생님 따님에게 빠져 있습니다.

즈데나는 쑥스러운 듯이 고개를 숙인다. 버스는 성을 지나고 있다. 성의 모든 창문에서 빛이 새어 나오고, 바깥에는 자동차가 수백 대 주차되어 있다.

루카스 반 레이덴은, 몇 분간의 침묵 후에(잠든 승객들의 코 고는 소리 때문에 그 침묵이 더 강조되는 것 같다) 대머리 남자가 입을 연다, 루카스 반 레이덴은 마흔도 되기 전에 죽었습니다.

16세기 네덜란드 화가가 브라티슬라바에서 택시를 몰지는 않았을 것 같은데요. 선생님은 그런 걸 어떻게 아세요?

매일 그림엽서를 백 장씩 가지고 다니면서 손님 기다릴 때마다 보거든요.

즈데나는 고개를 들고, 거의 몇 주 만에 처음으로, 웃음을 터뜨린다.

대머리 남자가 고개를 저으며 미소 짓는다.

그녀가 입을 연다. 선생님 말씀을 듣고 있으면, 백과사전 내용을 (사실 백과사전 내용이니까요) 적절히 활용하면서, 거기에 담긴 아픔은 직시하지 않으시는 것 같네요. 삶의 잔인함이요.

과거 체제에서, 그가 말한다, 제가 백과사전 만드는 일을 한 적은 있습니다.

그렇다면 모든 게 설명되네요!

모든 건 아니죠.

선생님에 관한 모든 것이요! 그녀가 다시 웃음을 터뜨린다.

'슬로바키아 백과사전', 남자가 선언하듯 말한다.

그 책 저도 가지고 있어요. 선생님이 편집하셨어요?

화가 부분은 직접 맡으려고 했죠. 저는 책임편집자였습니다.

지금은요?

뭘 기대하세요? 옛날 백과사전이죠! 돈이 없었습니다. 직원들은 길거리로 내몰렸죠. 각자 백과사전 오십 질씩 받아 들고서요. 사전 판 돈은 가져도 된다고 하더군요.

팔기가 쉽지 않았겠네요.

저는 한 질도 못 팔았습니다. 차가 한 대 있어서 택시 기사가 됐죠.

선생님은 백과사전 만드는 직장을 잃어버리셨는데, 저는 정치 용어 사전 만드는 일을 시작했네요. 우리는 정치적으로는 적이에요.

제 아내는 옷을 만드는데… 저런, 그러지 마세요…. 네, 괜찮습니다… 우세요….

전에는 한 번도 운 적이 없어요.

그럼 우세요. 이런, 울어요.

그녀의 흐느낌이 빨라지고, 소리를 내지 않기 위해 그녀는 옆자리 남자의 재킷에 얼굴을 파묻는다. 잠시 후 무슨 말을 하려고 했지만, 목소리가 잘 나오지 않는다. 그녀가 말한다.

> … 검은 산은 세상의 어느 부분을
> 빛이 닿지 않도록 가리는가.
> 이제, 이제, 이제
> 신에게 자신의 표를 돌려줄 시간인 것을

버스는 빠른 속도로 고속도로를 달린다. 상점 주인들은 마지막 남은 맥주를 마신다. 신부는 잠든 신랑의 다리를 베고 있다. 토마스는 츠베타예바의 시를 암송한, 브라티슬라바에서 온 여인의 어깨를 감싼다.

잠시 후 모든 승객이 잠들고 기사는 음악을 끈다. 졸지 않으려면 음악을 끄는 편이 낫다.

나는 피레우스의 식당에 있다. 다른 사람은 아무도 없다. 야니는 자러 갔다. 아테네로 돌아가는 마지막 기차를 놓친 나는 야니의 손자가 와서 테라스로 데려다주기를 기다리고 있다. 거기서 잘 예정이다. 손님이 없는 식당에서, 나는 취한 목소리를 듣는다.

말은 똑바로 합시다. 고통은 주는 것이지 받는 게 아닙니다. 먼지 같은 존재예요, 고통을 받는 사람들은. 자기를 지키지 못한다는 게, 그들이 먼지 같은 존재라는 증거입니다. 그 사람들이 말하는 걸 한 번 보세요. 필요할 때는 고통을 줄 수도 있어야지요. 그 대가로 당신은 주인이 되는 겁니다. 정상에 있는 게 살아 있는 거지. 그 사람들은 제대로 된 사람들이 아니에요, 불량품들이지. 빈둥거리며 지내다가 뭘 부탁이나 하는 것들이에요. 그 사람들 말에 귀를 기울이면 지는 겁니다. 자기들끼리 내버려 두세요. 그 사람들이 우리보

136

다 오래 살 테니까. 틈을 보이면 그 남자들이 칼침을 놓을 거예요. 여자들한테는 무슨 짓을 할지 아시죠? 그 사람들이 미워할 수 있게 내버려 두면, 계속 미워하기만 할 겁니다. 그들이 당신을 미워하기 전에 얼른 합류하세요. 당신이 누군지 보여 주지 않으면, 당신도 먼지가 될 뿐입니다. 합류하세요. 저 사람들을 절름발이로 만들어야죠. 남자와 여자가 절름발이가 되는 이유는 다르겠지만요. 한 명씩 절름발이가 될 때마다 당신은 더 강해지는 겁니다. 처음엔 동료와 함께하는 게 좋아요. 아직은 당신의 힘이 얼마나 되는지 모르니까요. 자신의 힘을 모른다면, 당신은 약한 겁니다. 어느 나라에서든 그건 진실이에요. 나중엔 일상이 될 거예요. 스스로에게 말하겠죠. 한번 해 봤네, 처리했어, 그래서 뭐 어쨌다고? 열두 번을 하고 나면, 여자랑 떡이나 치자, 이럴 거예요. 스무 번을 하고 나서도 달라질 건 없습니다. 분노로 몸이 떨릴 때가 있을 겁니다. 그땐 이미 늦은 거예요. 우리 모두 그런 걸 겪었습니다. 그다음엔 분노도 사라지고, 이제 당신은 자신이 누구인지, 무엇을 할 수 있는지 확실히 아는 거죠. 주인이 된다는 건 살아 있다는 겁니다. 죽기 전까지는요. 아멘.

장 페레로가 자고 있는 강가의 오두막에서는, 포 강의 물소리가 들린다. 입술이 말라 침을 바를 때 나는 소리처럼 들린다. 하지만 강은 한 번도 말이 없고, 그 무심함은 유명하다. 알라마나, 포, 라인, 도나우, 드네프르, 사바, 엘베, 코카, 알렉산더 대왕의 패잔병들이 페르시아 군의 낙오자들과 싸웠던, 어떤 기록에도 남아 있지 않는 그런 전투들이 있었던 곳. 큰 강이 있는 곳에서는 어디서나 사람들이 전투에서 죽었고, 그들의 피는 몇 분 만에 씻겨 내려갔다. 그리고 전투가 끝난 밤에는, 대학살이 시작된다.

버스 기사는 차를 천천히 몰고 있다. 시야가 확보되지 않는다. 와이퍼는 앞 유리를 제대로 닦지 못하는데, 거의 갈퀴로 긁는 수준이다. 전조등이 벽처럼 내리는 눈을 비추고, 그 너머는 아무것도 알아볼 수 없다. 기사는 사람이 걷는 속도 정도로 줄이다가, 결국 버스를 멈추고, 핸드브레이크를 올린 다음 시동을 끈다.

시동을 끄니 잠든 승객들이 내는 소리가 더 크게 들린다. 코 고는 소리, 그르렁거리는 깊은 숨소리, 오르간 연주자가 연주를 마친 후에 올리는 잔향 같은 중얼거림 등등. 버스 바깥은 침묵, 깃털 같은 침묵이 흐른다.

즈데나는 몸을 일으키고, 눈을 뜨고 비빈 다음, 왼손으로 서리가 낀 차창을 닦는다. 닦는다고 다른 풍경이 펼쳐지지는 않는다. 눈송이가 날리고, 너무 가까워서 눈송이들이 서로 닿을 것만 같다.

길을 잃은 것 같네요. 그녀는 자는 동안 어깨를 빌려주었던 남자에게 말한다.

대머리 남자가 눈을 뜨고 눈을 바라본다.

파크사텔 고개 근처인 것 같네요, 그가 말한다. 그런데 왜 멈췄는지는 이해가 안 되는데.

더 갈 수 없으니까요.

그녀는 반쯤 잠이 든 채, 다시 그의 어깨에 기댄다.

더 갈 수 있었어요, 그녀가 말한다. 그랬어야 했는데, 더 가지 않았죠. 공산주의는 죽었다고 사람들이 말하지만, 실은 우리가 자신이 없었던 거예요. 두려워할 게 아무것도 없지만, 모든 것을 두려워하는 거죠.

목숨을 걸고 뭘 지킨다는 게 두려웠던 거죠, 남자가 말한다. 뭔가 죽으려면, 우선 살아 있어야 하니까. 그리고 지금 상황은 공산주의랑은 상관없는 것 같은데요.

선생님 당원증 가지고 계셨죠!

그러니까 뭔가가 죽었다고 말할 수는 없는 겁니다. 뭔가가 죽었다고 말하는 건 어리석은 일이지.

여기 영원히 머무르게 되는 건가요? 여기서 영원히. 계속. 영원히?

어디 보자… 제가 이야기 하나 해 드리리다. 들려요?

"산 정상에서 슬픔의 노래를 부르리라." 즈데나는 남자의 옷소매에서 뭔가를 살짝 집어서 뽑는다. 이것도 마리나 츠베타예바예요. 아세요?

옛날에, 토마스가 말한다, 옛날에 울리히라는 남자가 있었어요. 코랄페 산맥 근처에 살았는데, 지금 우리가 있는 곳에서 멀지 않을 겁니다. 오십 년 전 이야기예요.

그 무렵에 마리나가 목을 매어 자살했죠, 즈데나가 말한다.

울리히는 고산지대에 오두막을 한 채 가지고 있었죠. 도로에서 걸어서 네 시간 걸리는 곳이었습니다. 해마다 여름에는 염소 떼와 암소 두 마리를 데리고 그리로 갔어요. 아침이면 맨발로 풀밭으로 나가 삽으로 소똥을 일일이 찾아서 한 덩어리로 만들었죠. 마치 집에서 거실 카펫을 청소하듯 그 일을 했습니다. 고산지대에서는 다들 그렇게 했어요. 똥이 며칠째 놓여 있는 곳에서는 소들이 풀을 뜯지 않는데, 잔인할 정도로 방대한 산악 지역이다 보니, 풀이 있는 곳은 단 일 평방미터라도 귀했으니까요.

버스가 멈추자, 차창에 떨어지는 눈송이가 코바늘로 뜬 레이스 커튼처럼 보인다. 이제 평정심을 찾은 즈데나는 남자의 어깨에 귀를 가만히 대고 있다.

어느 핸가, 사람들이 예상했던 것보다 훨씬 일찍 첫눈이 내렸죠, 대머리 남자가 계속 이야기한다. 그래서 울리히는 힘들게 마을로 내려오는 대신 오두막에서 겨울을 보내기로 했습니다. 눈을 뚫어서 터널을 만들고 건초를 쌓아 둔 창고와 축사 사이를 오갔어요. 겨울 내내 산에 머물렀고 그가 키우던 가축들은 한 마리도 죽지 않았죠.

대머리 남자가 그녀의 머리에 손을 얹는다. 그녀는 머리가 짧고 곱슬곱슬하며, 뿌리 부분은 희끗하다. 그녀는 막 잠이 들려는 참이다.

골짜기의 마을 사람들은 울리히를 무서워했습니다. 다른 남자들은 모두 산을 내려왔으니까요. 울리히가 산에서 겨울을 보냈다면, 미쳐 버린 게 틀림없다고 사람들은 말했죠. 봄이 오고 눈이 녹자, 마을 사람들 몇몇이 울리히를 보러 산을 올랐습니다. 그는 사람들을 반갑게 맞아 주었고, 독주도 대접했어요. 완전히 제정신인 것처럼 보였죠. 두고 봐야 돼, 마을 사람들은 산을 내려오면서 자기들끼리 이야기했습니다. 그런 일은 시간이 걸릴 수도 있으니까.

대머리 남자는 즈데나의 머리카락 사이에 손가락을 넣고, 그녀의 머리가 어깨에서 떨어지거나 너무 기울어지지 않게 잡아 준다. 이 부드러운 손길 덕분에, 그녀는 완전히 잠에 빠지지 않고 남자의 이야기를 희미하게 들을 수 있다.

다음 해, 눈이 내리기 전에 울리히는 골짜기로 내려가지 않고, 산에서 자기 가축들과 함께 보내기로 했습니다. 그리고 그대로 실천했어요. 건초가 충분하도록 확실히 준비했고, 모두 무사히 살아남았죠. 그렇게 세월이 흘렀습니다. 어느 해에는 첫눈이 일찍 내리고, 또 어느 해에는 늦게 내렸지만, 울리히는 그 후로 한 번도 마을에 내려와서 겨울을 보내지 않았어요.

한참 후 어느 여름, 마을의 교장 선생님이 고산지대로 올라왔다가 울리히를 만나서 물었습니다. 울리히 씨, 선생은 왜 눈이 올 때도 마을에 내려오지 않으시나요? 울리히가 대답했죠. 생각해 보세요, 교장 선생님. 제가 미쳤다고 생각하는 사람들에 둘러싸여서 여섯 달이나 보내는 게 얼마나 힘들겠습니까? 저는 여기가 낫습니다.

대머리 남자는 여인의 규칙적인 숨소리를 느낄 수 있다. 주무세요, 가련한 어머니여, 주무세요.

꼭 안아 줘, 지노.

어떤 목소리가 스페인어로 말한다. 어느 저녁 쿠이찰 강의 국경 근처에서, 땅이 없는 가난한 소작농 집안의 열두 살 된 건강한 남자아이가 집으로 돌아오지 않았습니다. 아버지는 며칠 동안 아들을 찾아다녔고, 결국 아들이 유괴를 당한 것이 틀림없다고 했습니다. 이전에도 비슷한 사건들 이야기를 들은 적이 있었죠. 어제 그 소년이 틀라틀라우퀴테펙이라는 마을에서 발견되었습니다. 조사 결과, 소년은 눈을 떠 보니 침대였고, 흰색 가운을 입은 사람들이 자신을 보고 있었던 것밖에 기억나지 않는다고 했습니다. 검사를 해 보니 소년은 수술을 당했던 것으로 밝혀졌습니다. 신장이 하나밖에 없었죠. 나머지 신장 하나는 이식을 위해 탈취당한 것입니다. 장기를 탈취해서(남자아이들이 범행의 대상이 되는 건 더 건강하기 때문입니다) 팔아넘기는 조직은 미국 달러로 비용을 받습니다. 아이의 이름은 밝힐 수 없습니다. 소년을 되찾은 쿠이찰 강 국경 근처의 가족들이 보복을 두려워하기 때문입니다.

꼭 안아 줘, 지노.

신호수가 침낭에서 주섬주섬 몸을 꺼낸다. 청년들은 여전히 자고 있다. 세례 요한은 구석에 놓인 매트리스에 발가벗고 누워 있다. 그의 성기가 둥지 안의 덜 자란 새끼 새처럼 늘어져 있다. 밖에서는, 이른 아침의 햇빛 때문에 강 건너편이 보이지 않는다. 장은 오토바이의 스탠드를 올리고, 초크를 열어 시동 버튼을 누른다. 어젯밤 청년들을 태우고 달렸던 길을 다시 달린다. 페리가 정박한 곳에서 그는 페라라로 향하는 도로에 오른다.

즈데나가 눈을 떴을 때 눈은 멈추고 버스는 트리에스테의 버스 정류소에 서 있다. 해가 떴고, 그녀의 옆자리는 비어 있다. 짐칸을 올려본다. 남자는 모자와 서류가방을 가지고 나갔다.

가서 좀 씻을 시간이 있을까요? 그녀는 기사에게 묻는다. 기사는 종이봉투에 든 체리를 먹으며 창밖으로 씨를 뱉고 있다.

기사가 시계를 보고는 말한다, 사 분 후에 출발합니다.

브라티슬라바에서부터 버스를 가득 메운 승객들은 어제보다는 좀 더 긴장한 모습이다. 오늘 그들은 외국, 그것도 얼마 전까지만 해도 여행금지 구역이었던 외국 땅에 와 있다. 그들은 이탈리아에 온 것이다. 과일과 와인, 우아한 구두, 보석, 부패와 햇살의 땅이다. 신혼부부는 베네치아에 있는 호텔의 침실로 달려가고 싶어 안달이다. 상점 주인들은 얼른 버스에서 내려서, 고국과 다른 점을 기록하고, 살 수 있는 건 뭐든 사려고 안달이다.

기사가 시동을 켠다. 즈데나가 숨을 헐떡이며 버스에 오른다.

아직 출발하면 안 돼요, 승객 한 명이 안 왔어요!

승객이 버스를 놓쳐도, 버스 잘못은 아닙니다. 기사가 말한다.

제발요, 이 분만 더 기다려 주세요, 부탁할게요.

베네치아에서 회차할 때까지 저희가 몇 시간이나 받는지 아십니까? 제가 다시 운전대를 잡기까지요? 여덟 시간입니다. 그게 다예요. 저도 잠 좀 자야죠.

그건 잘못됐어요, 즈데나가 말한다, 이십사 시간은 보장되잖아요.

보장은 무슨! 여덟 시간 이상 쉬고 싶으면 다른 버스 회사로 가라고 합니다. 우리 회사는 안 된다고 하면서요.

안전규정 위반이잖아요, 즈데나가 따진다.

누가 신경이나 쓴답니까?

그분 베네치아로 가거든요, 저한테 그렇게 말했어요.

이 보세요, 트리에스테에서 사라지는 사람이 하나둘이 아니에요.

베네치아행 표를 가지고 있다고요!

그 손님이 맨 먼저 내렸어요. 손님 주무시고 계실 때요!

제발, 일 분 만 더요. 고속도로에서 속도를 내면 되잖아요.

속도 제한 있습니다.

누가 신경 쓴다고요? 방금 말씀하셨잖아요. 누가 신경이나 쓰느냐고.

그녀는 가방을 열고 백 코루나 지폐 두 장을 꺼내, 앞 유리 아래 놓인 체리 봉투 밑에 끼워 넣는다.

선생님은 의사신가요? 기사가 묻는다.

아니요, 기술자예요.

기술자 양반, 제가 이 분 더 드리겠습니다. 그 이상은 일 초도 안 돼요.

기사는 운전대의 경적에 손을 대고 누른다. 한 번이 아니라 세 번

146

씩이나.

이러면 나타나겠죠. 한 번 더! 한 번 더! 저기 있다!

사전 편집자의 행동은 달리기라고 할 수 없을 것 같다. 거리 모퉁이에서 나타난 그는 뜀박질을 하려고 애쓰지만, 몸을 웅크린 채 서류가방을 가슴에 껴안고 서두르는 모습이 꼭 계란이 깨지지 않게 조심하며 허둥대는 사람 같다. 버스에서 그 모습을 지켜보는 사람들은, 즈데나를 포함해서, 모두 미소를 짓는다.

자리에 앉은 그가 숨을 고를 때까지 한참 걸린다.

제가 버스 잡고 있었어요. 선생님 없이 출발하려고 해서.

대답 대신, 토마스는 냅킨을 벗기고 설탕 가루와 주홍색 열매를 얹은 노란 롤빵 두 개를 그녀에게 내민다.

암브로시아, 신의 음식이죠. 보온병에 카푸치노도 가득 채워 왔습니다.

두 사람은 성모처럼 보이는 하얀색 형상이 인쇄된 파란 종이컵으로 커피를 마시고, 그의 입술에 서리처럼 커피 자국이 남는다. 이어서 둘은 롤빵을 한 입 베어 문다. 즈데나의 이는 진주 같고, 아주 고르다.

힘듭니다. 우리는 아슬아슬하게 살아 있는 셈이에요. 습관들을 잃어버렸기 때문에 힘든 거죠. 한때는 누구나, 나이 든 사람이든 젊은 사람이든, 부자든 가난한 사람이든, 그걸 당연하게 생각했어요. 삶은 고통스럽고 위태로웠죠. 기회는 잔인했습니다. 축제가 있는 날에는 브리오슈를 먹곤 했죠. 빵은 맛있나요?

안에 아몬드 페이스트가 들었네요.

위에 올린 건 모렐로 체리입니다.

지난 이 세기 동안 우리는 역사를 믿었죠. 마치 그것이 지금껏 아무도 몰랐던 미래로 데려다줄 고속도로라도 되는 것처럼요. 우리는

147

뭔가로부터 벗어났다고 생각한 거예요. 오래된 궁전의 전시실을 지날 때면 그 수많은 학살과, 종부성사와, 처형 후 접시에 받아 둔 사형수의 머리 같은 것들을 보잖아요. 액자에 넣어 벽에 걸어 놓은 그런 그림들을 보면서, 우리는 참 먼 길을 지나왔다고 스스로에게 말하죠. 물론 그런 것들을 보면서 아무것도 느낄 수 없을 만큼 멀어진 건 아니지만, 우리가 그런 일을 당하지 않을 만큼 충분히 멀어지기는 했습니다. 이제 사람들은 훨씬 오래 삽니다. 마취제도 생겼고, 달에 착륙했고, 노예도 없죠. 모든 것에 이성적 잣대를 들이댑니다. 심지어 '살로메의 춤' 같은 것에 대해서도요.(살로메는 의붓아버지 헤롯 왕 앞에서 춤을 추며 그 대가로 세례 요한의 목을 달라고 한 성서 속 인물—옮긴이) 암흑시대에 일어난 일이었기 때문에, 과거의 끔찍한 일들은 용인되는 겁니다. 그런데 이제, 갑자기 우리가 고속도로에서 멀어져 버렸다는 걸 알게 된 거예요. 어둠 속에서 절벽 끝에 앉은 바다오리처럼 된 거죠.

저 못 날아요.

한 번도 날아 본 적 없습니까? 꿈에서라도?

그런 것 같은데요.

그건 믿음의 문제죠.

그렇다면 절벽 위에 있다고 해도 나쁠 건 없겠네요, 그렇지 않나요?

낯선 사람이 자신의 슬픔에 다가오게 내버려 두는 일, 그래서 그와 시시덕거리기까지 하는 일은 지금까지 즈데나에게 한 번도 없었다. 그 어이없음에 그녀는 울고만 싶지만, 한편으로는 안도감에 미소를 짓는다.

겁을 먹어야만 합니다, 그가 말한다.

저도 겁먹었어요.

그럼 날 수 있어요.

저것 좀 보세요! 눈이 커튼처럼 붙어 있는 창밖을 가리키며 그녀가 말한다. 보세요, 바다예요.

우리는 습관을 잃어버린 거예요.

날아다니던 습관이요?

아니, 절벽 위에서 살던 습관이요.

바다가 참 평온하네요.

습관이 다시 기억날 겁니다.

언젠가는 저도 익숙해질 거라는 뜻인가요?

도무지 적응이 안 되는 일이라고 해도 익숙해지니까요.

절망은 익숙한 거예요, 선생님. 그렇게 생각하지 않으세요?

당연히 이보다 더한 고통이나 부당함은 상상할 수 없습니다.

세상에, 왜요?

니네베(고대 아시리아 제국의 수도—옮긴이)와 이집트에서 사람들은 똑같은 의문을 가졌습니다. 흑사병이 있었을 때도 그랬죠. 유럽에서 세 명 중 한 명이 전염병으로 사망했을 때… 14세기에요.

백과사전의 흑사병 항목은 선생님이 쓰셨겠네요?

그런 항목은 없었습니다. '봉건주의, 그 몰락의 원인' 항목에 포함되었죠. 치료제로 알려진 게 있었는데, 호두로 만들었어요. 한때 호두는 뇌와 관련한 많은 질환을 치료하는 것으로 알려져 있었습니다.

살짝 구운 호두가 절망을 없애 주기는 하죠! 그녀는 웃으며 말한다.

이탈리아 사람들은 말입니다, 쾌락을 이해하고 있었어요. 그가 말한다. 이 사람들이 천재성을 보이는 영역은 모두 쾌락과 관련이 있죠. 슬라브 사람들과 정반대입니다.

그런가요? 선생님이 그리 말씀하시면 그 말이 맞겠죠. 인생은 한 번뿐이잖아요. 그렇지 않나요? 그런데 오늘날 우리는, 아니 저는요, 아무런 희망 없이 살아야만 하는 거예요.

그녀의 눈에 눈물이 차오른다.

지난여름에 말입니다, 대머리 남자가 말한다. 폐허가 된 사원에 갔습니다. 거기엔 비문도 없고, 시간의 흔적도 없었죠. 그저 풀만 자라고, 시들었다가, 다시 자랄 뿐입니다. 그 아래는 바다였고요.

즈데나가 앉은 쪽 창밖으로 아침의 색들이 펼쳐지고 있다. 녹색, 양귀비의 선홍색, 겨자 같은 노란색. 언덕과 언덕이 이어지고, 멀리 보이는 언덕들은 라벤더색이다. 소피아와 이스탄불을 오가는 트럭들이 스쳐 지나간다. 차창의 햇빛 가리개 위로 햇살은 수백 개의 열쇠고리처럼 반짝인다.

부서진 아치가 있더군요, 토마스가 말한다. 아치 밑으로 하늘과 삼각형 모양의 바다가 보였어요. 그 모든 게 아주 멀리 있었고, 천천히, 아주 천천히, 한 시간쯤 걸렸을까요. 폐허의 풍경 속으로 보이는 하늘이 더 밝아 보이고, 조그만 삼각형 바다도 주변의 다른 바다보다 더 짙은 파란색으로 보인다는 걸 알아차렸습니다. 착시라고 말씀하시겠죠. 선생은 과학자시고, 나는 당원증을 지닌 선생의 정치적 적이니까요. 절벽 위에는… 하지만 희망이 없는 건 아니에요, 즈데나.

즈데나는 온몸이 흔들릴 정도로 웃는다. 멈출 수가 없다. 어둠 속의 절벽 위였어요, 대머리 남자가 한 번 더 말하며, 자신과 가까운 쪽에 있는 그녀의 손을 쓰다듬고, 버스는 속력을 낸다. 잠시 후 그녀는 진정한다. 두 사람은 가만히 앉아 있다. 즈데나는 자신의 손을 빼지 않고, 부다페스트에서 출발한 버스가 두 사람이 탄 버스를 추월하는 사이, 그는 그녀의 왼손을 잡는다. 가끔 손가락이 아픈 손이다. 그가 그 사실을 알 리가 없고, 앞으로도 모를 테지만, 그는 그녀의 아픈 손가락을 감싸 쥐고 어루만져 준다. 그녀는 손등의 털이 Q자 모양으로 엉킨 남자의 손을 내려다보며, 낮게 한숨을 쉰다.

즈데나와 토마스는 산 마르코 광장에서 헤어진다. 많은 사람들이 모이고 만나는 베네치아의 그 광장에서.

유리 닦는 소리가 들린다. 페라라의 큰 백화점 스탄다가 이제 막 문을 열었다.

검은색 가죽 재킷을 입고 오토바이 부츠를 신은 신호수가 통로를 따라 걸어간다. 은은하게 반짝이는 조명을 받은 그는 아리스토파네스의 희곡에서 금방 튀어나온 검은색 개구리처럼 보인다. 바닥은 대리석, 계산대는 검은색이고, 진열장 안의 물건들은 황금색이다. 유리 용기마다(그중 몇몇은 아주 크다) 황금색 액체가 들어 있다.

향수 매장의 계산대는 장난감 거리에 있는 인형의 집처럼 정리되어 있다. 집집마다 여성이 한 명씩 앉아 있고, 모두 머리를 단정히 하고 손톱도 완벽한 바닷조개 빛으로 다듬었다. 몇몇 여성은 안경을 썼고, 몇몇은 젊고, 몇몇은 애 엄마이고, 카이로에서 온 여성, 트렌티노의 마을에서 온 여성도 있다. 매일 그들은 일을 시작하기 전 한 시간 동안 거기 앉아 화장을 한다. 그 여성들은 자신이 사용한 화장품이 노화를 막아 주는 것임을 직접 보여 줘야 한다. 그런 화장의 결과, 이상하게도 젊은이들마저 나이 들어 보인다.

신호수는 쉰 가지의 서로 다른 피부 톤을 표시한 표를 보고 있다. 각각의 색은 동전 크기만 한 원으로 표시되어 있다. 그는 표를 유심히 들여다보다가, 고개를 쭉 내민 채 점점 더 가까이 다가가 쉰 가지의 색깔 중 딸에게 맞는 색깔의 동전을 찾아본다. 어렸을 때 샤워기 밑에서 등을 닦아 주면서 보았던 딸아이의 몸 색깔을 떠올려 본다.

화장품 세트를 찾으시나요, 선생님? 제가 도와드릴까요?

화장품 매장 직원은 나이를 짐작할 수 없는 화장 밑에, 툭 튀어나온 눈과 두꺼운 입술이 사나워 보인다.

향수를 살까 하는데요, 신호수가 말한다.

남성용이요, 여성용이요? 점원이 묻는다.

젊은 여성… 제 딸에게 줄 겁니다.

낮에 쓰실 건가요, 밤에 쓰실 건가요?

결혼식에 쓸 건데.

결혼 피로연!

점원은 큰 눈을 더 크게 뜬다. 옅은 파란색으로 완벽하게 선을 그린 그 눈은, 그 순간, 공허하고 슬프다.

그러면 좀 묵직한 향이 좋겠네요. 예식에 어울리게요. 그렇죠?

그런 것 같네요.

저희 향수 중에 혹시 생각하셨던 게 있을까요?

없습니다.

그러면 '해저드'부터 한번 보실까요?

빨리 퍼지는 향을 찾고 있는데요, 그가 말한다.

점원은 막 집어 들었던 용기를 내려놓고 그를 쳐다보며 속으로 생각한다. 가죽옷을 입고 외국인 억양으로 말하는 이 검정 개구리가 이상한 표현을 쓴다고.

기분을 좋아지게 하는 거요, 그가 설명하듯 말한다.

그렇다면 '바카비스' 한번 보시죠.

기분 좋게 해 주는 거.

점원은 테이블 위에 있는 많은 용기들 중 하나를 골라서, 자신의 왼손 손목에 뿌린 다음 오른손 손바닥으로 문지르고, 그 손을 장 페레로의 턱 밑에 갖다 댄다. 그가 숨을 들이쉰다.

잘 모르겠네, 그가 말한다. 고르기 어렵네요.

외모가 어떠세요? 따님이요. 저랑 비슷한가요?

아니요, 키만 비슷합니다. 그것만.

머리카락은 무슨 색이에요?

자주 바꿔서요. 어릴 때는 금발이었습니다.

목소리는요? 높은 편인가요? 낮은 편인가요?

하는 말에 따라 다른데… 딸아이가 여왕이 된 기분이 들면 좋겠네요.

점원은 다른 황금색 용기를 골라서 왼손 손목보다 훨씬 높은 곳에 뿌린다. 신호수가 갑자기 그녀의 손을 낚아채어 자신의 입술 쪽으로 끌어당긴다. 누가 보면 그녀의 손목에 입을 맞추려는 것처럼 보였을 것이다. 제대로 된 향수 가게에서 샘플을 확인하고 고를 때의 일상적인 행동에서 많이 벗어난 그의 행동은 거의 폭력적이지만, 점원은 이제 재미있어 한다.

좀 더, 그가 말한다.

좀 더 뭐요?

좀 더 미친! 그가, 여전히 점원의 손을 쥔 채 말한다.

좋아요. 최신 제품 보여 드릴게요. 올해 신상품인데 '사바'예요.

사바?

과일향이에요. 용연향도 강하고, 따님한테 잘 어울릴 거예요.

이번에는 그녀가 향수를 왼쪽 팔꿈치 안쪽의 오목한 부분에 뿌린다. 그는 고개를 숙인다. 덕분에 그녀가 팔로 그의 머리를 감싸고 있는 것처럼 보인다.

그쪽에게 따님이 있고, 그 따님을 사랑하시고, 지금 당장 따님이 모든 걸 가졌으면 좋겠다고 생각한다면, 이 사바를 주실 건가요?

그녀는 팔을 그대로 둔 채 대답하지 않는다. 그는 눈을 감는다. 향수와 피부 사이에 오가는 신비한 기운은 백화점 안에도 존재한다. 잠시, 화장품 매장 직원과 신호수는, 외부 세계와 단절된 막 안에서 서로 다른 자신만의 꿈에 빠져든다.

마침내 그녀가 입을 연다. 아가씨들은 대부분 행복해할 거예요.

그제야 그녀는 팔을 푼다.

사바 작은 병으로 주세요.

향수로 할까요, 오 드 투알레트로 할까요?

모르는데.

향수는 뿌리고 나면 오래 유지되고….

그럼 둘 다 주세요.

점원은 바닷조개 색 손톱으로 상자를 황금색 종이로 포장하고 리본으로 묶으면서, 가죽옷과 부츠 차림의 외국인에게 말한다. 그거 아세요? 저희 아버지는 저를 별로 사랑하지 않으셨거든요. 운이 좋네요, 선생님 따님은… 정말 운이 좋아요.

물. 고여 있는 해수가 도시의 삶을 지켜 준다. 그 물이 없었다면 도시는 높은 파도에 잠겨 버렸을 것이다. 수 세기 동안 베네치아는 석호와 변화하는 모래톱, 제방, 이동을 위한 좁은 수로, 염분, 그리고 창백한 낯선 기운과 함께 사는 법을 익혔다.

즈데나는 모터보트의 이층 갑판에 앉아 있다. 이제 막, 남서쪽으로 사십 킬로미터 떨어진 키오자를 향해 출발한 배다. 개버딘 코트는 곱게 접어서, 벤치에 둔 여행 가방 위에 올려놓았다. 석호가 뜨거운 햇빛을 무자비하게 반사하고 있어서 선글라스도 꺼내 썼다.

그녀 바로 아래로, 부둣가를 따라 수천 명의 관광객이 한가로이 움직이고 있다. 위에서 보면, 관광객 무리는 서로 반대 방향으로 움직이는 두 개의 물살처럼 흘러 다닌다. 한 무리는 햇빛 아래 뼈처럼 하얀 외벽과 나체의 조각상들, 부조 조각이 있는 개랑(開廊)을 드러낸 두칼레 궁전 쪽으로 흘러가고, 다른 한 무리는 그 유명한 다니엘리 호텔을 지나 동쪽으로 흘러간다. 호텔의 녹색 덧창과 고딕 양식의 창문 안쪽에, 황금색과 와인색으로 치장한 방과 계단 들이 있을 것이다.

즈데나는 창백한 피부에 줄무늬 원피스를 입고 있어서 외국인처럼 보이지만, 관광객 분위기를 풍기지는 않는다. 그녀는 그 배를 여러 번 타 본 사람 같은 인상을 준다. 작은 몸동작과 자세는 모두, 자신이 무엇을 하고 있는지, 어디로 가고 있는지를 정확히 알고 있는 사람처럼 섬세하다. 선장의 눈에 그녀가 들어온다. 튀어나온 광대뼈와 슬픈 눈빛 때문에 그녀는 아름답고, 선장 본인과 마찬가지로, 그녀 역시 더 이상 젊지 않은 사람이기 때문이다. 선장은 그녀가 외국인 기술자가 아닐까 생각한다. 소금 정제시설을 점검하러 가는 길일지도 모른다. 오래된 정제시설을 개선한다는 이야기가 있었다.

지금 그녀는 가방에서 물건을 하나씩 꺼내서는 무릎 위나 옆에 놓인 코트 위에 가지런히 늘어놓고 있다. 모터보트가 속도를 내면서, 바람에 그녀의 머리가 휘날리고, 소년처럼 한쪽 귀가 드러난다. 기술자는 아닌 것 같다고, 티 한 점 없는 흰색 제복 차림의 선장은 생각한다. 어쩌면 영양사나 물리치료사일지도 모른다고.

그녀는 가방에서 은색 곰 모양 기념품이 달린 열쇠고리, 검은색 다이어리, 작은 포장의 화장지, 잔뜩 엉킨 스카프, 연필, 지우개, 그리고 호두를 꺼낸다. 가끔씩 고개를 들고 멀어지는 도시의 해안 풍경을 음미한다. 전 세계에 '베네치아'를 대표하는 인증처럼 알려진 풍경이다.

두칼레 궁전 너머로 산 마르코 광장의 벽돌 종탑이 우뚝 솟아 있다. 1902년 같은 자리에 있던 과거의 탑이 무너졌지만, 기적처럼 아무도 다치지 않았다.

산 조르조 마조레 성당 너머, 주데카 섬에서, 멀리 구세주 성당의 돔형 지붕 아래쪽 넓은 부분에 뭔가가 햇빛을 받고 있다. 그건 마치 어떤 메시지처럼 반짝인다. 떨어져 나온 철판일까? 아니면 수면 어딘가에서 햇빛이 반사된 걸까? 이 우아한 건축물을 내가 팔고 있는 초라한 물건과 비교하는 것이 어떨지 모르겠지만, 한때 구세주 성당은 일종의 타마 역할을 했다.

성당은 1576년에 있었던 신에 대한 서약의 결과로 계획되었다. 당시 베네치아는 역병으로 폐허가 된 상태였다. 주민의 삼 분의 일이 이미 병에 걸려서 사망했다. 역병은 늙은 사람들뿐 아니라 젊은 이까지 앗아 갔다. 맹금처럼 차려입은 무시무시한 사람들이 지팡이를 들고 운하의 다리를 건너며 진료소들을 돌아다녔다. 의사들로 알려졌는데, 감염을 피하기 위해 머리에서 발끝까지 기름을 먹인 천이나 방수포로 감쌌고, 검은색 모자와 안경, 귀마개, 장갑, 장화까지 갖췄으며, 입에는 거대한 새의 부리 같은 기이한 물건을 쓰고 있었다. 그들은 오한으로 떨면서 죽어 가는 환자들 사이를 지나다니며, 지팡이로 여기저기 담요를 들추고 역병에 걸린 사람들에게 부리 끝으로 가루약과 말린 나뭇잎 가루를 뿌렸다. 그리고 밤이면, 정말 새처럼, 독수리처럼, 역병 의사들은 사라졌다.

1576년 서약의 내용은, 만약 그리스도께서 남은 사람들을 구해 주시면, 베네치아는 신께 또 하나의 교회를 지어 바치겠다는 것이었다. 시 의회는 즉시 위대한 건축가 팔라디오에게 건축을 의뢰했고, 석공들이 돌을 다듬기 시작했다. 도시 인구의 절반이 살아남았다. 사 년 후 팔라디오 본인은 사망했지만 건축 공사는 계속되었고, 교회는 유대인의 섬에 있는 평원 위에 지어졌다. 팔라디오가 설계한 건축물 중 가장 아름다운 이 성당은 1592년에 완공되었다.

즈데나는 손잡이 끝에 흰색 구슬 장식이 있는 빗을 가방에서 꺼내 머리를 빗은 다음, 빗은 그대로 코트 위에 내려놓는다. 다음으로 새로 만든 슬로바키아 여권, 니농의 가장 최근 편지, 근사한 이탈리아 지폐로 수십만을 따로 챙겨 놓은 지갑, 아스피린 통, 콤팩트 파우더, 학창 시절 니농의 사진을 차례대로 꺼낸다.

최근까지도 베네치아는 해마다 식수 문제를 겪었다. 우물이나 물 탱크가 말라 버릴 때가 있었다. 그럴 경우에는 브렌타 강의 물을 바지선에 싣고 석호를 건너 와야 했다. 바지선은 지금 모터보트가 천천히 지나고 있는 바로 그 뱃길을 따라 얕은 바닷물 위를 움직였지만, 방향은 반대였다.

즈데나는 다시 고개를 들고 선글라스를 한번 만지고는 북서쪽을 바라본다. 모터보트가 너무 천천히 움직여서 물살이 일지 않는다. 배 뒤편의 물은 그저 조용히 출렁일 뿐이고, 그 아래 해초는 머리칼처럼 흔들린다. 삼위일체 섬 끄트머리, 두칼레 궁전 건너편에 세워진 압도적인 외관의 산타 마리아 델라 살루테는, 이제 화장지 봉투 위에 놓아둔 즈데나의 라이터만 해 보인다.

이 성당도 타마라고 할 수 있을 것 같다.

팔라디오가 죽고 사십 년 후, 베네치아에 다시 역병이 돌았다. 열여섯 달 동안 오만 명이 죽었고, 시체들은 태우거나 배에 실어 물 건너 섬 밖으로 보냈다. 그 후, 잠시 동안 전염병은 잠잠해지는 듯했다. 행정부는 급히 새로운 교회의 설계안을 공모했다. 이번에도 도시가 살아남는다면, 감사의 뜻으로 이 새로운 교회를 베네치아와 대운하의 입구에 세우겠다고 다시 한번 서약했다.

공모에 선정된 발다사례 롱게나는 두 개의 원형 돔 지붕이 있는 팔각형 건물과, 거대한 전복 껍데기 같은 부벽이나 건물 틈에 부조를 새겨 넣은 기념물을 배치했다.

하지만 섬의 끝자락에 자리잡게 될, 그리하여 물을 건너 도시로 들어오는 사람들이 처음과 마지막에 보게 될 이 거대한 바로크식 타마를 짓기 위해서는, 지반을 다지고 지지대를 세워야 했다. 그렇게 하지 않으면 건물 전체가 잠겨 버릴 위험이 있었다. 참나무, 낙엽송, 오리나무로 만든 수백만 개의 기둥을 땅에 박고 그 위에 석조 건물을 지지해 줄 목재 부대(浮臺)를 깔았다.

오늘날 베네치아 사람들은 살루테의 소용돌이 모양 부벽을 건물의 '오레키오니', 즉 '커다란 귀'라고 부른다.

빗, 립스틱, 녹색 공책, 쇼핑 리스트, 귀걸이, 여행자수표 약간. 딸의 결혼식에 가는 이번 여정에서, 즈데나는 모든 것을 깔끔하게 정리하고 관리하고 싶어 한다. 가방 안에 든 것들은 마지막으로 한 번더 챙긴 물건들이다. 그렇게 해서 그녀는 자신과 관련한 것들이 모두 분명하고 확실한 인상을 줄 수 있기를, 그래서 딸을 만났을 때에도 확신을 전해 줄 수 있기를 바라고 있다.

즈데나는 발다사레 롱게나나 팔라디오와 같은 이유로, 하지만 자신만의 방식으로 물건들을 배치한다.

배의 선장, 외국인 여성의 행동에 점점 더 흥미가 생긴 선장이 마음을 정하지 못한 채 그녀 앞을 두 번이나 왔다 갔다 한다. 처음 지나칠 때 그녀를 보며 미소를 지어 보였지만, 그녀는 신경 쓰지 않고 난간으로 다가가 가지고 있던 가방을 뒤집어서 털었다. 갈매기 세 마리가 가까이 다가왔고, 시끄러운 갈매기 울음소리가 뒤를 이었다. 갈매기가 다시 흩어지고 그녀는 앉았던 자리로 돌아왔다.

덥지 않습니까, 부인?

죄송합니다. 이탈리아 사람 아닙니다. 그녀가 어울리지 않을 정도로 표현력이 있는 목소리로 대답한다.

영어 하시나요?

영국 사람들에겐 너무 덥겠네요….

즈데나는 조심스럽게 물건들을 다시 가방에 넣는다. 배는 석호의 고요하고 차분한 분위기에 싸여 있다. 마치 이른 여름 아침에 집을 나선 사람이 새로 펼쳐진 끝없는 낮 시간에 둘러싸여 있는 것만 같다. 콤팩트 파우더, 검은색 다이어리, 몽당연필, 이탈리아 지폐.

배가 내게서 멀어져 간다.

펼치지 않은 다이어리 첫 장에는 즈데나의 사전을 위한 메모가 적혀 있다. 그녀의 손글씨는 작고, 글자들이 마치 숫자라도 되는 것처럼 똑바로 서 있다.

"K, 카우츠키, 카를. 1854년 프라하 출생(그의 생가를 찾아보았으나 발견할 수 없었음). 착취와 식민주의, 전쟁에 반대하는 정치적 투쟁을 평생 동안 쉬지 않고 전개(그런 사람들이 모두 그렇듯, 그 역시 수염을 길렀음). 역사가 의미를 가질 수 있다는 믿음을 계속 유지. 마르크스주의자(엥겔스의 비서였음). 평생 동안 적어도 네 번의 망명 생활(네 번씩이나 처음부터 다시 시작해야만 했다는 의미). 육십대에 이르러, 폭력 혁명은 필요 없다는 어려운 결론에 도달. 1919년 레닌이 그를 배신자로 규정. 1947년 이후 체코에서(그는 1938년 망명 중이던 암스테르담에서 사망) 그의 이름은 겁쟁이, 비겁한 야망, 반혁명 공장 등과 동의어가 되었음. 검사가 누군가를 카우츠키의 이름과 엮는 것은 당사자에게는 사형 선고와 다름없었음."

모터보트 소리도 들리지 않고, 물은 아무 소리도 내지 않는다. 이제 모든 것이 침묵에 잠긴다.

같은 다이어리의 뒤쪽에 즈데나는 자신이 읽었던 신문 기사를 발췌해 놓았다. 해당 쪽의 맨 위에는 연필로 '고통'이라고 대문자로 적어 놓았다.

"한 의사의 말에 따르면, 이 병으로 치료를 받은 사람들이 종종 고통과 통증은 치료받지 못하는 경우가 있다. 신체적 고통이 불안감을 낳고 거기서 다시 고통이 커진다. 에이즈가 본격적으로 진행

161

되면 몸은 감염이나 기생충에 저항할 수 없게 되고, 끔찍한 가려움과 어지러움, 위경련, 입안의 염증, 방사선 치료에 따른 편두통, 다리를 따라 발생하는 톡 쏘는 듯한 통증 등이 수반되며, 이 모든 것이 심각한 피로감과 함께 일어난다. 이런 고통을 차례차례 겪다 보면 결과적으로 주변의 모든 지평이 닫혀 버리고, 아픈 사람은 고통 외의 다른 것을 생각하는 일(선의를 가진 사람들이 종종 권하는 일)은 할 수가 없다. 고통은 사람을 단절시키고, 고립시키고, 마비시킨다. 또한 그것은 완전한 실패 혹은 패배감을 불러일으킨다. 종종, 에이즈 환자가 겪는 통증을 이해하려면, 그들의 고통이 거의 발작 상태에 이르러 주변의 다른 환자들을 불편하게 하는 지경에 이르러야 하는 경우도 있다. 그제야 그 고통을 줄여 줄 수 있는 조치들이 취해지기도 하며…."

무슨 일로 섬에 가시는지 여쭤 봐도 될까요, 부인?

선생님 배를 폭파하는 일이요.

하하, 유머 감각이 좋으시네요.

선장은 잠시 기다리다가, 마치 해야 할 다른 일이 떠오른 것처럼 황급히 자리를 뜬다.

가방 정리를 마친 즈데나는 난간으로 다가가 아무것도 비추지 않는 석호의 고요한 수면을 지그시 바라본다. 배가 방향을 바꾸면서 순간 바람이 불었고, 이마에 내려온 그녀의 앞머리가 휘날린다.

그녀는 뱃머리 쪽으로 가서 바람에 얼굴을 식히다가, 잠시 후 다시 벤치로 돌아온다.

벤치에서, 그녀는 완벽하게 정리된 가방을 열고 다이어리와 몽당연필을 꺼낸다. 6월 7일이라고 적힌 면에 똑바로 선 손글씨로 적는다. "이 날들이 끝나지 않게 하라, 이 날들이 마치 몇 세기처럼 오래가게 하라."

볼로냐의 병원 사람들에게 진실을 말해 달라고 부탁하고 싶어요.(마치 다른 진실이 있기라도 한 것처럼요.) 부탁하는 걸 그만뒀어요. 진실은 하나뿐이라는 걸 알았으니까요. 제가 죽는다는 진실이요.

곧이어 두번째 목소리가 속삭인다. 지노가 몸을 숙이고 뭔가를 하고 있다가, 걸음을 멈추고 자신을 지켜보는 구경꾼을 발견하고는 몸을 일으키며 미소를 지어 보이는 모습을 상상해 본다. 내가 그 구경꾼이다.

이 농어가요, 지노가 속삭인다. 이 오 킬로그램짜리 농어가 결혼식 만찬의 첫번째 요리가 될 거예요. 에마누엘라 고모님이 벌써 사흘치 요리를 시작하셨어요. 저는 노점상 친구들과 크레모나의 록밴드도 초대했고요.

163

오늘 아침에 농어를 잡았는데, 직접 요리하고 싶어졌어요. 살아 있는 장어를 쥐고 작은 도끼로 한 방에 머리를 잘라낼 수 있는 사람은 가족 중에 고모님밖에 없어요. 늘 그 이야기를 하시죠. 저도 시도해 봤는데, 장어가 제 팔을 칭칭 감더라고요. 그래도 이 농어는 직접 요리하고 싶어요. 제 깜짝 선물이니까.

니농도 자기만의 비밀이 있겠죠. 웨딩드레스 안에 입을 그 모든 속옷 같은 비밀이요. 저는 아마 내일 밤까지는 그 비밀을 볼 수 없을 거예요. 그리고 니농은, 제가 그녀를 안고서 다리를 건너고, 그녀가 은빛 구두를 벗어 버리고, 따라오던 여자아이들 중 한 명이 그 구두를 신고, 그렇게 우리의 결혼이 성립한 다음, 피로연 테이블에 앉기 전까지는 저의 비밀을 볼 수 없겠죠.

삶은 농어로 아스픽(젤리 형태로 만든 생선 요리—옮긴이)을 만들 거예요. 길이가 팔십삼 센티미터나 돼요. 아버지도 의아하다는 표정을 하셨어요. 농어가 무슨 금속처럼 보였거든요. 녹슨 청동 같은 녹색이었다가, 구리색, 그다음엔 은색이요…. 수심이 깊은 곳에서 잡히는 금속 빛깔의 물고기예요.

눈이 아주 커서 올빼미생선이라고도 하는데, 그건 녀석들이 밤에 강바닥에서만 움직이기 때문이에요. 수심이 이 미터, 삼 미터, 삼 미터 반쯤 되는 곳에서요. 절대 수면 위로는 올라오지 않죠. 녀석들은 무리 지어서 살아요, 강바닥에서요. 자기나 자기 강이나 똑같아! 니농이, 화가 나서 말해요. 낮에 집으로 돌아왔을 때, "지노, 뭐 좀 건졌어?"라고 야단치듯 묻죠. 개구리, 저는 개구리처럼 뛰어오르면서 말합니다. 커다란 황소개구리처럼요. 며칠 동안 니농은 저랑 있을 때 웃지를 않았는데, 오늘 아침에 웃었어요. 개구리 흉내를 내는 저를 보며 온몸으로 웃었고, 그러면서도 그녀의 눈은 웃고 있는 자신의 모습 때문에 혼란스러워하는 것 같았죠.

164

큰 물고기가 있는 곳을 알려면, 강을 알아야 해요. 강의 본능을 느껴야만 하죠. 물고기들도 정확히 그 본능에 맞춰서 움직이거든 요. 물고기들이 저보다 한 수 위일 때가 많아요. 잉어나 강꼬치고기 같은 녀석들이요.

여기, 은색 비늘이 좁은 선을 따라 짙어지는 부분 보이시죠, 옆구 리를 따라서요. 이게 측선인데, 그 선으로 녀석은 강의 소리를 듣는 거예요.

저는 니농에게도 측선이 있다면서, 손가락으로 그녀의 몸에 선을 그려요. 니농의 측선은 귀 밑에서 시작해서 팔을 타고 내려와, 가슴 에서 조금 솟아올랐다가, 계단 같은 갈비뼈를 지나고, 아랫배와 엉 덩이 사이의 한가운데 지점을 지나고, 그녀의 '숲' 가장자리를 따라 이어지다가, 갈라져서 허벅지 안쪽의 부드러운 살결을 따라 발목까 지 내려가죠. 지난 몇 달 동안 그녀는 웃지 않았어요. 지난 몇 달 동 안 제가 가까이 다가가지 못하게 했습니다.

자기는 측선이 두 개야, 제가 그녀에게 장난을 쳐요. 왼쪽과 오른 쪽에 있는데, 그 선을 따라서 속눈썹 같은 털이 나 있어.

미쳤구나, 자기. 그녀가 말하죠. 이 빌어먹을 병 때문에 자기가 정신이 나가 버렸어.

그래서 저는 그녀를 품에 안고, 농어의 은빛 비늘 밑에는 촉수가 있는데, 그 촉수에는 우리 혀의 미뢰와 같은 작은 돌기들이 있다고 말해 줘요. 측선에 있는 돌기 끝에는 작은 방울이 맺혀 있고, 방울 과 이어진 수관 주변에 털들이 있는데, 부드러운 털과 뻣뻣한 털이 같이 있어서 물살의 작은 흔들림까지 놓치지 않는다고요. 그 털들 이 물살의 변화나, 주변에서 일어나는 아주 작은 움직임, 그리고 물 의 흐름을 바꾸는 바위의 위치 같은 것들을 전해 주는 거라고 이야 기해요. 털들은 진짜야, 제가 그녀에게 말하죠, 미친 게 아니라고.

니뇽의 눈은 어떤 때는 녹색이고, 어떤 때는 금색이에요.

시장에서 만난 의사에게 마지막으로 측정한 니뇽의 림프구 수치를 말해 줬어요. 그 의사, 파르마의 그 의사 말로는 축하할 시간이 이 년, 삼 년, 삼 년 반 정도 있다고 했어요. 니뇽에게 축하할 일이 있다고 가정했을 때요. 그다음엔 병이 시작되는 거죠. 확실한 건 아무도 몰라요.

월계수 잎과 타임, 회향으로 낸 육수를 넣고, 백포도주와 통후추, 얇게 썬 양파와 레몬 껍질도 조금 넣어요. 생선 조리용 냄비는 에마누엘라 고모님 거예요. 참치도 요리할 수 있는 크기죠.

지금까지 본 농어 중에 가장 큰 녀석이에요. 오늘 아침에, 이 커다란 육식 물고기가 거기 있다는 걸 알았죠. 어떻게 알았는지는 묻지 마세요. 낙엽송이 강에 빠져서 물살에 껍질이 벗겨지는 자리였어요. 낚시를 하기에는 나쁜 곳이죠. 낚싯줄이 나무에 엉키기 쉬우니까요. 조심해야 해, 침착하게, 저는 혼잣말을 했어요. 제가, 그러니까 니뇽이 말한 미친 사람이 낚싯줄이 내려가는 걸 지켜봤어요. 일 미터, 이 미터, 삼 미터, 삼 미터 반, 납으로 만든 작은 낚싯바늘이 강바닥에 닿았죠. 담배 은박지로 가짜 미끼를 만들어서, 살아 있는 모샘치처럼 퍼덕이게 했어요. 마치 상처를 입은 것처럼 바다의 침전물을 따라 움직였죠. 낚싯줄이 절대 늘어지지 않게 신경 쓰면서, 피아노의 검은 건반에서 다음 검은 건반으로 이동하듯이 가볍게 움직였더니, 농어는 그게 다친 모샘치라고 믿고는 커다란 입을 벌리고 미끼를 덥석 물었어요. 육식 물고기는 한 수 아래였던 거죠. 그다음은 낚싯줄이 나무에 엉키지 않게 하는 싸움이었어요. 매번 제가 녀석보다 한발 먼저 움직였죠. 녀석의 움직임을 하나하나 예측했어요. 다른 건 모두 잊어버렸죠. 그래서 지금 녀석이 주방에 놓여 있는 거예요!

166

우리는 광기(craziness)와 속임수(cunning)와 보살핌(care) 속에서 오랫동안 살아갈 거예요. 셋 모두랑요. 'c'가 세 개네요. 권투선수 마테오는 제가 미쳤대요. 제가 인생을 허비하고 있다고 합니다. 저뿐만이 아니라 대부분의 사람들도 그렇다고, 제가 말해요.

물고기는 꼬리지느러미로 자신이 태어난 강의 소리를 듣는 거라고, 제가 니농에게 이야기해요. 그 이야기를 하는 동안, 그녀는 미소를 띤 채 잠이 들죠.

모터보트가 도착했을 때 신호수는 키오자의 선착장에서 기다리고 있었다. 장 페레로와 즈데나 홀레체크는 배가 완전히 멈추기 전에 서로를 알아보았지만, 손을 흔들어 인사하지 않았다. 트랩을 내려온 그녀는 돌이 깔린 보도를 지나 오토바이 옆에 선 그에게 다가갔다. 옆에 있는 다리는, 지붕이 없다는 것만 제외하면 베네치아의 탄식의 다리와 비슷하다. 그는 헬멧을 벗은 상태였다.

두 사람은 서로의 눈을 바라보며, 같은 아픔을 알아보고 서로의 품에 기댄다.

장! 그녀의 목소리가, 표현력만 강하고 무력한 그 목소리가 온 땅에 그의 이름을 전한다.

즈데나! 그가 속삭인다.

오토바이를 타고, 코마키오로 향하는 도로를 달리는 동안 그들의 슬픔은 조금 가벼워진다. 뒤에 승객을 태운 기사들이 누구나 그렇듯, 그는 자신의 등에 기대 오는 그녀의 무게를 느낀다. 뒷자리에

앓은 사람이 누구나 그렇듯, 그녀는 그의 손에 생명을 맡긴다. 그 점이 어느 정도는 아픔을 줄여 준다.

자꾸만 몸을 돌리며 거울에 비춰 봅니다. 보면 숨이 멎을 거예요, 제 웨딩드레스를 보면요!

고리노에서의 결혼식은 아직 열리지 않았다. 하지만 이야기의 미래는, 소포클레스가 알고 있었듯이, 늘 현재에 있다. 결혼식은 시작되지 않았다. 나는 그 결혼식에 대해 이야기할 것이다. 모두들 아직 자고 있다.

하늘은 맑고 달은 거의 꽉 찼다. 아마 니농이, 지노의 에마누엘라 고모님 집에서 머무르고 있는 그녀가 가장 먼저, 아직 어두운 시간에 일어날 것이다. 그녀는 수건을 터번처럼 머리에 두른 채 몸을 씻을 것이다. 그런 다음 커다란 거울 앞에서 아픈 곳이나 반점은 없는지 자신의 몸을 만져 볼 것이다. 그런 곳은 없다. 그녀는 수건을 두른 자신의 머리를 네페르티티처럼 어루만진다.

포 강은 바다에 가까워지면서 두 팔처럼 갈라지고, 각 팔의 손가락은 다시 열 개로 나뉜다. 하지만 그 수는 세는 사람에 따라 다를 수 있다. 팔이 네 개고 손가락은 스무 개라고 할 수도 있다. 강물은 늘 변하고, 오직 지도 위에서만 같은 모습이다. 곳곳에서 땅은 강이

나 바다보다 낮다. 물이 말라 버린 땅에는 토마토와 담배를 심었다. 조금 넓은 지대에서 자라는 풀들은 잎이 아니라 작은 꼬투리를 만든다. 해초에 가까운 고대의 식물들이다. 이 지역에는 사람들이 드문드문 사는데, 딱히 어떤 장소라고 하기도 어려운 곳이다. 고리노 마을은 포 디 고로 강의 지류에 자리잡고 있다.

고대인들은, 최초의 창조는 땅과 하늘을 갈라놓는 일이었을 거라고 믿었다. 땅과 하늘은 서로를 원했고 떨어지기 싫어했기 때문에, 그것은 어려운 작업이었다. 고리노 근처에서 땅은 하늘에 최대한 가까이 있기 위해 물이 되었고, 그렇게 거울처럼 하늘을 비춘다.

포 강 삼각주에 사는 사람들의 집은 작은 임시 주택이다. 소금기가 건축자재를 부식시킨다. 많은 집들은 마당 대신에, 거의 집만 한 크기의 틀을 만들고 그물을 쳐 놓았는데, 권양기를 이용하면 그물을 낮게 내려 물고기를 잡을 수 있다. 하늘에는 새들이 많다. 가마우지, 논병아리, 제비갈매기, 왜가리, 오리, 작은 해오라기, 갈매기들이 물고기를 먹고 산다.

에마누엘라의 작은 집에서, 다음으로 눈을 뜨는 사람은 페데리코다. 하루의 맨 처음 빛이 물에 비칠 무렵, 그는 벤치와 가대, 그리고 합판을 꺼내 사과나무 세 그루가 있는 근처의 공터로 옮긴다. 그런 다음 지노가 시장에서 쓰는 파라솔도 옮긴다. 나무살이 달린 파라솔은 지름이 삼 미터가 넘는다.

에마누엘라는 머리에 헤어롤을 한 채 주방에서 커피를 만들고 있다. 오늘이야! 그녀가, 티스푼으로 커피 가루를 커피 머신 안에 평평하게 누르며 말한다. 오늘이야!

어두운 주방 창 너머로 멀리 제방을 따라 달려오는 자동차의 전조등이 보인다. 지붕들 위로 보이는 자동차는 착륙하는 비행기 같다.

171

로베르토면 좋겠는데, 페데리코가 누나에게 말한다. 곧 요리를 시작해야 하니까, 양고기를 제대로 요리하려면 네 시간, 어쩌면 다섯 시간이 걸리잖아.

로베르토가 알아서 잘할 거야, 페데리코.

모데나 최고의 도축업자라고, 지노가 그러더라고. 그 사람이 만든 스칼로피네(고기를 얇게 저며서 굽거나 튀기는 요리—옮긴이)는 성경책 종이만큼이나 얇대.

지노가 이 집에서 자지 않아서 좋아. 남자는 한 명으로 충분하니까.

누나는 장어 요리나 제대로 해. 그리고 여자들 잘 챙겨 주고.

그 아이를 봤을 때, 너무 예뻐서 울고 싶을 정도였다니까.

누가 이야기해 준 거야? 페데리코가 묻는다.

뭘 이야기해 줘? 그냥 애가 예쁘다는 말인데.

그럼 울고 싶니 어쩌니 하는 이야기는 하지 마.

너는 도대체 왜 그러는데, 페데리코?

장어 요리나 하세요, 아줌마.

불이 제대로 살아야 하지, 그 전에는 못 해.

경적 소리가 들린다. 밴이 도착하고 운전석에 앉은 로베르토가 집 앞에 서 있는 페데리코에게 소리친다. 주방이 어딥니까, 선생님?

다음 공터 지나서요. 우선 와서 커피 한잔해요.

자동차 덕분에 다른 여자들도 잠에서 깼다. 렐라, 마렐라, 그리고 즈데나. 그날 밤 작은 집에서 묵은 남자는 페데리코가 유일했다. 그는 소파에서 잠을 잤다. 다른 사람들이 어떻게 잠자리를 마련했는지 그로서는 알 수 없다. 니농이 어떻게든 더블 침대를 혼자 써야 한다고 누나가 주장했다는 것만 알고 있을 뿐이다. 오늘 밤에 신부는 혼자 있어야 해, 에마누엘라가 말했다.

해가 제방 위의 풀들을 비추지만 마을 광장에 그림자는 생기지 않을 정도로 높이 떴을 때, 지노의 또 다른 시장 친구들도 각자 차를 타고 도착한다. 제빵사 루카, 보석과 향신료를 파는 에르콜레, 치즈 상 렌초와 그의 난쟁이 애인, 온갖 종류의 아시아 옷감을 거래하는 지셀라, 수박만 취급하면서 마치 그 과일이 신탁이라도 되는 것처럼 거기서 소리를 듣는 스코토까지. 우리 노점상들은 타마를 팔든 수박이나 스카프나 고기를 팔든, 모두 공통점이 있다. 우리는 관심을 끄는 법을 안다. 농담을 잘하고, 아침 일찍 일어나 사람들이 다닐 만한 곳이면 어디든 자리를 잡는 법을 안다. 피곤할 때면 조용한 곳을 찾지만, 배우들이 텅 빈 무대를 두려워하듯 우리는 침묵을 두려워한다. 하얀 지팡이를 짚고 지노의 친구들 사이를 지나치는 동안, 나는 편안함을 느낀다.

지노의 친구들은 공터에 둥그렇게 차를 세웠다. 그 공터는 즈데나가 브라티슬라바에서 새 울음소리를 내는 악기를 사러 갔던 지하실을 떠올리게 한다. 다만 이 공터는 야외의 지하실 같은 느낌이고, 천장이 곧 하늘이다. 수면보다 낮고, 교회와 전쟁 기념비가 서 있는 마을의 광장보다 낮다. 둥그런 지하실의 한가운데에서 도축업자 로베르토가 양고기를 조리하기 시작했다. 꼬챙이에 꿴 양고기 몸통이 숯이 든 어마어마한 크기의 화로 위에서 돌아가고 있다. 가끔씩 그는 양동이에 준비해 온 양념을 모자만 한 국자로 떠서 고기 위에 뿌린다. 페데리코가 한두 번씩 풀무질을 한다. 둥글게 모여 선 남자들은 티 한 점 없는 흰색 셔츠 차림으로 그 광경을 지켜보며 한마디씩 한다. 고기 굽는 냄새는, 잔치라는 것이 세상에 생겨난 후에 있었던

173

그 모든 잔치들의 냄새와 같다. 자동차 안에서 여자들은 수다를 떨며 모자의 위치와 화장을 마지막으로 다듬고 있다. 집 안에서는 렐라가 두 시간째 신부의 웨딩드레스를 만지고 있다.

결혼 예배는 고리노 교회에서 오전 열한시 삼십분에 열릴 예정이다.

예배 후에는 결혼식 하객과 마을 주민 등 백여 명의 사람들이 광장에서 기다릴 것이다. 교회 맞은편에 거대한 플라타너스가 한 그루 있다. 나무 주변에 테이블이 마련되었고, 테이블마다 반짝이는 유리잔이 열두 개씩 놓여 있으며, 한쪽 끝에는 짙은 녹색 병에 든 스파클링 와인이 있다. 페데리코는 유리잔을 방향에 맞춰 세심하게 정리하고 있다. 어떤 남자들은 타고난 진행자라서, 그저 손님이나 구경꾼으로만 있는 것을 견디지 못한다. 그런 남자들이 종종 폭력단원이나, 심해 어부, 가축상 같은 고독한 삶을 살아가기도 한다. 페데리코는 고독한 사람이다. 그는 신부님이 예배당으로 들어가시고, 오르간 연주가 시작될 때에만 눈부신 줄무늬 양복을 걸쳤다. 예배가 끝난 지금, 그는 스파클링 와인을 따르고 있다. 그 어떤 웨이터보다 자신이 더 잘 따를 수 있다는 걸 알고 있다. 웨이터들은 와인을 너무 많이 흘린다.

수업을 마친 아이들이 구경을 온다. 마을에 낯선 사람들이 이렇게 많이 모인 건 처음이다. 여름철, 큰 길에서 빠져나온 버스가 도착하고 등대를 구경하려는 관광객들이 쏟아져 나올 때도 이 정도는 아니었다. 오늘은 텔레비전에 나오는 여배우처럼 모자를 쓴 여자들도 있다. 오늘은 셔츠 단추 구멍에 장미를 꽂은 남자들도 있다. 그리고 어디를 봐도 장신구가 널려 있다.

사람들이 뭘 기다리는 거야?

특별한 건 없어.

피로연 봤어? 집 뒤에 차려 놓은 테이블 보고 왔거든. 온갖 음식이 다 있어. 멜론, 프로슈토 햄, 아스파라거스….

아이스크림은?

양고기 굽고 있어.

어린 양이야.

사람들이 뭘 기다리고 있느냐니까?

이제 막 시작하는 거야. 원래 결혼식이 이래.

너는 어떻게 알아?

우리 누나가 결혼했잖아. 밤새도록 해, 밤새.

아이들 중 하나가 섹스를 뜻하는 손가락 시늉을 해 보일 것이다. 누나가 결혼을 했다는 소년이 손바닥으로 그 아이의 코를 슬쩍 민다.

니농과 지노의 친구들이 교회 입구 옆에 늘어서 있고, 손에는 신랑과 신부가 교회를 나올 때 뿌릴 쌀을 한 줌 가득 쥐고 있다. 아마 베르첼리에서 수확한 쌀일 것이다. 장 페레로의 부모님이 1930년대 프랑스로 이민 오기 전에 살던 곳이었다.

즈데나와 나란히 선 장은, 마치 정치 모임에 참석한 대표단처럼 사람들을 살피고 있다. 성인이 된 후로는 대표단 회의에 참석할 때만 셔츠를 입고 넥타이를 맸던 그였다. '동무'라는 단어가 그의 혀끝에 맴돈다. 충동적으로 커다란 손을 들어 즈데나의 어깨를 짚는다. 그녀도 즉시, 통증이 있는 손가락으로 그 손을 살짝 쓰다듬는다.

어느 순간 신부와 신랑이 나타난다. 쌀알이 비처럼 쏟아진다. 어떤 여성이 회상에 잠겨 박수를 친다. 신부님이 환하게 미소 짓는다.

니농이 쓰고 있는 면사포가 바람에 출렁이고, 아래쪽으로 내려

갈수록 넓어지는 치마의 레이스가 흔들린다. 느슨하게 부푼 소매는 손목 근처에서 단단히 단추를 채웠다. 반짝이는 은색 구두를 신은 그녀는 조심스럽게 걸음을 옮기며 광장으로 나서는데, 쓰러질 것처럼 보이기도 하고 미끄러지듯 움직이는 것처럼 보이기도 한다. 지노는 마치 닻을 내리듯 신중하게 한 걸음 한 걸음 움직인다. 이 모든 것이 신비로울 정도로 부드러우면서도 피할 길 없이 강한 바람 때문이다. 결혼식에 바람이 이렇게 불었던 적이 있었나? 누군가의 그 말에 두 사람 눈에 어떤 표정이 스쳤지만, 그 역시 강한 바람에 금방 날아간다.

즈데나와 장은 딸과 사위의 모습을 지그시 바라보고, 그 순간만큼은, 어린아이처럼 놀란 표정을 하고 있다.

둘이서 결혼했습니다, 어떤 남자가 외쳤다. 신부 오래 사세요!

사진 찍겠습니다, 페라라에서 온 공식 사진사가 말한다. 사진이요, 네, 부탁드립니다. 신부께서는 부케 들어 주시고요.

부케 챙겨 와! 교회에 두고 왔어.

날아갈 텐데, 한 여자아이가 혼잣말하듯 속삭인다. 아이는 자신이 왜 그런 말을 하는지도 알 수 없다.

지노는 니농의 손을 잡고, 가까이 다가간다. 그녀의 어깨가 그의 어깨에 닿고, 두 사람은 그렇게 강풍이 지나가기를 기다린다.

키스해, 향신료 장수 에르콜레가 외친다. 뭐 해, 키스하라고.

쉿! 그건 평생 해도 되잖아. 그냥 둬. 조용!

진짜 사랑스럽네, 제빵사 루카의 아내 미미가 말한다. 너무 사랑스러워서 애를 열 명은 낳겠어! 그녀는 포동포동한 자신의 손가락으로 숫자를 세어 본다.

요즘은 아무도 애를 열 명씩 낳지 않아, 미미.

젊은이들은 우리 부모들이 모르는 걸 아니까.

머리를 저렇게 작게 여러 가닥으로 땋으려면 몇 시간은 걸렸겠는데.

저런 머리를 뭐라고 부르지?

드레드록 머리라고 하는데. 저건 아니야. 저렇게까지 가닥이 많은 건 처음 봐.

웨이터들이 스파클링 와인이 담긴 잔을 돌린다.

니농과 눈이 마주친 마렐라가 손 키스를 보낸다. 마렐라의 눈에 눈물이 고여 있다.

마지막 사진을 찍은 후, 니농은 남편의 팔을 살짝 당긴다. 바람이 잠잠해졌다. 남편이 그녀 쪽으로 고개를 기울이고, 그녀는 그의 귀에 대고 속삭인다. 이제 함께 달리는 거야, 산토끼. 그렇지? 오늘 뭐든 다 해야만 해… 뭐든 다, 알았지?

그는 그녀에게 은제 접시에 담긴 농어를 보여 줄 것이다. 아스픽 젤리 덕분에 달빛처럼 은은하고, 비늘 하나하나가 은빛 혹은 금빛으로 빛나고, 아몬드와 고수, 그리고 루비처럼 빨간 피망이 보석처럼 박혀 있다. 그는 니농에게 보여 줄 때는 접시를 돌려 마치 농어가 꼬리를 아래로 하고 서 있는 것처럼 보이게, 치렁치렁한 드레스를 입은 채 음악이 시작되기를 기다리는 무용수처럼 보이게 할 것이다. 그리고 그 순간 니농은 그의 손가락을 쥐고, 그가 알려 준 자기 몸의 측선을 따라 천천히 선을 그릴 것이다. 그의 손가락을 놓아 주면서 그녀는 구두 끝으로 사과나무 아래의 풀밭을 살짝 밟고 그에게 명령할 것이다. 나를 봐, 남편, 이제 나는 자기 아내야. 그리고 그녀는 웃음을 터뜨릴 것이다. 다른 시간에서 온, 이제는 사라져 버린 언어의 웃음이다.

두 사람이 서른 명의 하객들에게 둘러싸인 채 커다란 테이블의 중앙에 앉고, 그녀는 모든 상황을 하나도 놓치지 않을 것이다. 아무 것도 그녀를 피해 갈 수 없다. 결혼 축하연이 가장 행복한 이유는, 뭔가 새로운 것이 시작되기 때문이며, 그 새로움 덕분에 식욕이, 심지어 가장 나이가 든 손님들까지도, 되살아나기 때문이다.

렌초와 에르콜레가 에마누엘라를 어깨 위에 짊어지다시피 하고 집에서 나온다. 에마누엘라는 머리 위로, 거의 자전거 바퀴만 한 접시를 들고 있고, 거기에 그녀만의 방식으로 조리한 장어 요리가 가득하다. 장어는 큼지막하게 썰어서 세이지 잎과 월계수 잎, 로즈마리 잔가지와 함께 꼬치에 꿴 다음, 양념장을 바르고, 장어 자체에서 나온 기름으로 껍질이 새카맣게 될 때까지 센 불에서 구웠다. 그녀는 장어 요리를 자전거 바퀴만 한 접시에 크레모나 겨자 소스와 함께 담았다. 소스는 겨자기름과 멜론, 호박, 작은 오렌지, 살구를 섞어 만든 것으로, 시켈리다스(기원전 3세기에 활동했던 그리스 서정 시인—옮긴이)의 시대부터 전해 내려오는 조리법에 따른 것이다. 바로 그 시켈리다스가 노래했다. "봄바람이면 훌륭하지, 항해에 나서려는 선원들에게는⋯."

니농이 가장 먼저 박수를 치고, 남자들은 환호할 것이다. 불 때문에 얼굴이 벌겋게 달아오른 에마누엘라는, 갑자기 죽은 남편이 했던 말을 떠올릴 것이다. '나랑 결혼해 줄래? 나한테는 이 집이랑 배도 있고⋯.'

두 남자가 에마누엘라를 땅에 내려 주자, 그녀는 커다란 접시를 막 결혼한 두 사람 앞에 놓는다. 니농이 그녀에게 입을 맞추고, 그제야 에마누엘라는 앞치마를 들어 눈을 닦는다.

장은 얼음이 가득한 파란색 양동이에 담긴 스파클링 와인을 돌리고 있다. 플라스틱 양동이는 에마누엘라의 남편이 죽기 전에 고기

잡이배에서 쓰던 물건이다. 장은 직접 한 병을 따서 가까이에 놓인 잔에 따르고는, 마렐라 옆에 앉는다. 사과나무 밑에서 와인 병을 따는 소리가 여기저기 들린다.

어디서 마주쳐도 니농 아버님인 걸 알 수 있을 것 같아요, 마렐라가 말한다.

우리가 닮았나?

웃는 게 똑같아요.

잠시, 장은 부끄러워서 할 말을 찾지 못한다.

자네가 제일 친한 친구라고 했지, 마침내 그가 입을 연다.

네, 맞아요. 모데나에서는요. 눈치 채셨어요? 사람들이 니농에게서 눈을 떼지를 못해요. 음식을 먹으면서도요.

신부니까, 장이 말한다.

그리고 마음을 먹었으니까요. 살아남기로 단단히 마음먹었으니까. 마렐라가 조용히 말하고, 두 사람의 머리가 가까워진다. 강한 딸을 두셨어요, 페레로 선생님.

자네가 큰 도움을 주었지.

저는 친구니까요, 네. 그리고 그 어느 때보다 지금이 니농과 더 가까워진 것 같아요. 제가 뭘 할 수 있었겠어요. 제가 한 일은 '스텔라'라는 말을 지어낸 것밖에 없어요. 그리고 지노에겐 인내심을 가지라고 했어요. 니농은 죽은 셈 치라고 했죠. 죽은 거라고. 니농이 겪었던 일을 겪으면 누구나 죽을 만큼 힘들 거예요. 기다리라고, 그럼 어쩌면, 정말 어쩌면, 니농이 두번째 삶을 살 수 있을 거라고 했어요. 정말 그녀를 원하면 그렇게 하라고 제가 말했어요. 지노가 뭐라고 대답했는지 아세요? 놀랐어요. 지노는, 잠시도 주저하지 않았거든요. 니농의 두번째 삶은 우리 결혼식으로 시작할 거야, 지노가 이렇게 말했어요. 그 전에 두 사람은 결혼 생각이 전혀 없었지만,

179

지금 한번 보세요.

즈데나는 수박 장수 스코토 옆에 앉아 있다.

행복이죠? 스코토가 묻는다. 우리 행복한 거죠?

즈데나가 고개를 숙인다.

햇빛에 눈이 부시죠? 스코토는 눈이 부신 표정을 지어 보이며 자신의 선글라스를 내민다. 그녀는 고개를 젓고는 단정하게 정리한 가방에서 자신의 선글라스를 꺼낸다.

모두들 먹고, 이야기하고, 농담하고, 마신다. 잔칫날의 그 요란한 소리는, 운이 좋아 다른 잔치에 다시 참석하기 전까지는 아무도 기억하지 못할 것이다.

맛있죠? 수박 장수가 즈데나에게 묻는다.

이런 맛은 처음이에요, 즈데나가 말한다.

스코토의 슬픈 광대 같은 눈동자에는, 대답을 알 수 없는 종류의 질문들에 대한 애정이 담겨 있다. 참 신기한 일입니다, 그가 말한다. 모든 일이 그렇지만요.

그런 일들이 있죠.

많습니다, 부인. 세상에서 제일 신기한 동물이 '안귈라(anguilla, '장어'라는 뜻의 이탈리아어—옮긴이)'예요.

그는 통역을 부탁한다는 듯, 테이블 건너편에 앉은 장을 바라본다.

미스테리오소(misterioso, '신기한'이라는 뜻의 이탈리아어—옮긴이).

장은 한 문장 한 문장 통역해 준다.

녀석들은 폐가 없거든요, 스코토가 이야기를 시작한다. 그런데 물 밖에서 며칠을 살 수가 있어요. 어떻게 그럴 수 있는지는 아무도 모릅니다. 녀석들은 헤엄을 치죠. 아주 빨리 헤엄을 치고, 게다가

육지도 건너갈 수 있는 거예요. 녀석들이 흙에 구멍을 낼 때는 먼저 코르크 따개처럼 굴을 팝니다!

즈데나는 딸의 모습을 지그시 바라보며 장어 이야기를 듣는다.

암컷이 수컷보다 몸집이 큰데, 산란을 할 때는 배가 은색으로 바뀌고 얼굴이 부풀어 오르면서 미소를 짓는 것처럼 바뀌거든요…. 높은 파도가 칠 때 소금기를 확인하고 나면, 강을 떠나 바다로 나가고 싶어지는 거예요. 이때가 장어를 잡기에 가장 좋은 때입니다. 수백만 마리의 장어가 '라보리에레'라는 어살로 헤엄쳐 들어가죠. 그런데도 어떤 녀석들은 빠져나갑니다. 어떻게 그럴 수 있는지는 아무도 모릅니다. 이 물고기와 관련해서는 신기한 것투성이니까요.

내가 저 아이 대신 아플 수만 있다면, 즈데나가 장에게 속삭인다.

바다로 나간 장어들은 대서양에 도달하고, 바다를 건너 사르가소해에 이릅니다. 거기는 사람들이 아는 그 어떤 바다보다 깊어요. 그 바다 밑에 알을 낳으면 수컷들이 그 위에 정액을 뿌리는 거죠.

니농이 에마누엘라의 농담에 갑자기 웃음을 터뜨린다. 그녀는 웃음 자체가 농담이라는 듯 웃고, 농담은 주변의 세상을 점점 더 빠르게 돌리고, 제자리를 지키는 건 농담뿐이어서 그건 어지럽지 않다. 농담은 마치 남자의 자지처럼 점점 커지고, 주변에 빛과 웃음 조각과 설탕가루를 흩뿌리고, 고개를 젖힌 채 스파클링 와인을 들이켜고, 와인의 거품에 즐거워하다가, 그녀의 웃음에 합류하는 새로운 사람들 모두에게 입맞춤으로 되돌려 준다.

어린 장어들은 집으로 돌아오는 긴 여정을 시작합니다, 스코토가 말한다. 이 년에서 삼 년, 어떨 때는 사 년도 걸리죠. 그리고 이곳에 돌아오고 나서도 말입니다, 부인. 녀석들은 신발 끈 정도 되는 몸통에 길이도 일 인치가 되지 않아요.

그럼 부모 장어들은? 장이 묻는다.

사르가소 바다에서 죽습니다. 새끼 장어들은 혼자 돌아오는 거예요.

믿을 수가 없네요, 즈데나가 말한다.

그녀는 다시 딸의 웃음소리를 듣는다. 즈데나는 갑자기 고개를 뒤로 젖힌다. 머리 위 사과나무 가지 너머로 눈부신 하늘이 있고, 아주 짧은 순간, 아무것도 이해하지 못했지만, 즈데나는 행복하다.

건배합시다, 페데리코가 자리에서 일어나며 말한다. 우리 아이들의 행복을 위해서.

행복, 스코토가 말한다. 행복이여, 이리 와라!

그런 다음 그들은 고기를 먹을 것이다. 바다, 남쪽으로 멀리 나가면 내가 있는 에게 해로 이어지는 그 바다는 고요하다. 포 강의 팔에서 갈라진 손가락들은, 주변의 석호로 보이지 않게 스며든다. 그곳 주민들은 홍합을 채취하고, 그 얕은 물 때문에 선원들은 습지를 벗어나 온 세상을 가로지르고 싶은 욕망에 미칠 듯이 시달렸다. 석호가 제방을 감싸고, 그 제방은 흩어진 집들과, 교회와, 버스정류장 옆에 벤치까지 놓여 있는 마을 광장을 지켜 준다. 교회 종탑에서 고기 굽는 냄새를 맡을 수 있다. 광장보다 낮고, 석호의 수면보다는 더 낮은 곳에 사과나무 세 그루가 있는 과수원과 집이 한 채 있다. 집 뒤쪽의 풀밭에 자동차들이 주차되어 있고, 로베르토와 지노는 양고기를 자르고 있다. 칼 가는 소리와 남자들의 웃음소리가 들린다. 불 냄새가 사방에 퍼진다. 과수원의 테이블 근처에서, 잔뜩 치장한 여자 손님들과 가장 부드러운 가죽 구두를 신은 남자 손님들은 저마다 자리에 앉거나, 배회하거나, 축 늘어져 있지만, 모두들 신부를 중심으로 둥글게 모여 있다. 신부가 손님들을 놓아 주지 않고 있다. 아니면 그들이 신부를 놓아 주지 않는 걸까? 무대 위 연주자의 경우처럼, 어느 쪽인지 알기는 어렵다. 양쪽 모두 사실일 것이다. 사과나무의 가지 사이로 신부의 드레스가 희미하게 빛난다.

로베르토와 지노는, 팔뚝 길이만 한 정사각형 판자에 얇게 썬 고기를 담아서 과수원으로 가지고 온다. 두 사람의 얼굴에 검댕이 묻어 있고 얼룩 줄무늬가 생겼다. 고기가 등장하면서, 잔치의 분위기가 달라진다. 마지막 의식(儀式)을 거치며 뭔가 더 오래된 느낌이 찾아온다. 장밋빛 붉은 고기, 마늘을 넣고 타임과 훈제 향이 스민 양고기는 어린 짐승의 살코기 맛과, 갓 뽑아 온 풀 맛이 함께 난다.

평생 먹어요! 니농이 외칠 것이다. 지노와 제가 함께 산에 간 적이 있거든요. 거기 있는 양을 원해요, 그렇게 말했죠. 코가 까맣던 그 양을요. 우리 손으로 직접 만졌던 양이니까, 우리 양이에요! 로베르토 어디 있어요? 우리를 위해 요리해 준 로베르토에게 건배해요!

로베르토는 드레스를 망치지 않게 새카매진 손을 뒤로 한 채 신부에게 키스한다.

과수원의 테이블에 모인 사람들이 모두 자리에 앉아 음식을 먹는다. 고기를 먹을 때는 바롤로산 레드 와인을 마신다. 손님들은 점점 더 친밀한 행동을 하고, 농담도 더 빨리 돈다. 누군가가 뭔가를 기억하지 못하면, 다른 누군가가 알려 준다. 웃을 때는 손을 잡고 함께 웃는다. 넥타이, 스카프, 재킷, 너무 조였던 샌들 등, 조금 전까지 걸치고 있던 것들을 풀어 버린 사람들도 있다. 테이블 위에는 얇게 저민 양고기가 쌓여 있고 그저 이로 뜯으면 된다. 모두들 함께한다.

결혼식 하객들은 잘 먹고 있는 하나의 생명체가 되어 간다. 과부의 과수원에서는 만나 보기 어려운 생명체, 머리가 서른 개 혹은 그 이상 달린 사티로스 같은, 반쯤은 신화와 같은 생명체다. 아마 인간이 불을 발견했을 때부터 존재했을 이 생명체는 하루 혹은 이틀 이상을 사는 법이 없고, 축하할 일이 또 한 번 생길 때에만 다시 태어난다. 잔치가 드문 것은 그런 이유 때문이다. 그렇게 함께 하나의 생명체가 되었던 이들에게는, 그 생명체가 살아 있는 동안 대답할 수 있는 이름을 지어 주는 것이 중요하다. 그래야만 훗날 회상할때, 그들의 기억 속에서 잠시나마, 지극한 행복감에 자신을 놓아 버렸던 일을 떠올릴 수 있다.

루카가 자동차에서 결혼식 케이크를 가지고 나온다. 오단 케이크는 세 가지 색으로 설탕을 입힌 오렌지 꽃 모양 장식을 뿌렸다. 맨 꼭대기의 은빛 단에는 '지농(GINON)'이라는 글자가 적혀 있다.

다섯 글자밖에 안 되지만, 거기 두 사람이 다 들어가 있어, 루카가 말한다. 꽃 장식을 마친 후에야 생각이 나더라고. 그래서 미미한테 말했지. 내가 어떻게 할 건지 알아? '지농'이라고 쓸 거야. 두 사람이 한 단어에 들어가게 말이야!

그리고 이것은 영원히, 과수원에 있는 머리 서른 개 달린 생명체의 이름이 된다.

니농이 결혼식에 참석한 손님들 모두에게 케이크를 나누어 준다. 그녀가 직접 나누어 준다. 모두가 그녀의 행복을 빌어 주고, 모두가 기억하고, 모두가 그 달콤함을 음미할 것이다. 케이크 조각마다 오렌지 꽃잎이 얹혀 있다.

그녀는 접시를 가슴 앞에 높이 들고 다닌다. 손님 한 명 한 명 앞에서 걸음을 멈추고, 아무 말 없이 미소를 지으며 눈만 살짝 내리는데, 속눈썹이 길어서 손님은 신부가 고개를 숙이는 것 같은 인상을 받는다. 그녀가 들고 있는 접시 뒤로, 웨딩드레스의 장식 조끼 단추가 하얀 천과 함께 느슨하게 늘어져 있다. 조끼의 윗 단추 세 개는 풀려 있다.

서른 개의 머리 가닥은 그녀가 움직일 때마다 아래위로 출렁이고, 원을 그리며 움직인다. 그 머리를 하는 데 엄청난 인내심이 필요했고 시간도 오래 걸렸기 때문에, 그녀는 결혼식 후에 하룻밤에 하나씩만 풀자고 지노에게 제안한다. 매일 밤 둘은 어느 매듭을 풀지 결정할 것이다.

그녀는 왼손에 아프리카 거북이 반지를 끼고 있다. 오늘은 거북이가 집으로 돌아오는 중이고, 머리를 그녀의 손목으로 향한 채 그녀 쪽으로 헤엄치고 있다. 오른손에는 한 번도 껴 본 적이 없는 결혼반지를 끼고 있다. 지노가 다섯 시간 전에 끼워 준 반지, 그녀가 죽을 때까지 지니고 있을 반지다.

서서히 사람들이 대화를 멈추고 조용히 그녀를 지켜본다. 그녀의 걸음걸이는 아주 가볍고, 동시에 근엄하다.

여성 시인 아니테는 이렇게 노래했다. 이제 당신을 떠납니다, 저의 눈앞에 죽음이 어두운 장막을 드리웠네요, 제가 가는 곳은 어둠이에요.

수업을 마치고 나온 아이들 몇몇이 광장을 가로질러서 과수원을 구경한다.

아직 있어!

신부가 저기 그거를 벗었어! 저기 봐(아이는 풀밭 위의 남자를 가리킨다), 저 아저씨 취했어.

결혼식에는 늘 취하는 사람이 있는 법이라고 우리 엄마가 그랬어. 술 먹을 핑계만 찾는 사람들이라고.

내가 결혼할 때는 말이야….

신부가 뭐 하는 거지?

네가 결혼을 하려면 말이야, 먼저 충분히 큰 다음에….

우리한테 손 흔들었어.

우리 보고 오라는 거야.

아이들은 강둑을 구르듯 내려가면서 소리치고 웃음을 터뜨린다. 니농이 접시를 들고 다가오자, 아이들은 조금 수줍어한다. 케이크를 한 조각씩 집어 들지만, 당장 먹어야 할지 나중을 위해 챙겨 둬야 할지 정하지 못한다.

먹어야지! 페데리코가 명령처럼 말한다. 평생 먹어 본 것 중에 제일 맛있을 거야.

치코, 피아트 정비소 직원의 아들인 열두 살짜리 그 소년은 넋을 잃고 신부를 쳐다보느라 손을 들어 케이크를 집어 들 생각도 하지 못한다.

잠깐, 그의 눈이 묻는다, 이 신부는 밑에 뭐가 있을까? 신부를 이렇게 가까이에서 보는 건 처음이다. 이 신부는 밑에 뭐가 있을까? 이 여자는 매일 같은 모습일까? 이미 반쯤은 벗고 있다. 아니면 오늘만 다른 모습일까? 오늘 같은 모습은 두 번 다시 없는 걸까? 소년은 섹스를 어떻게 하는지 알고 있고, 신비로울 것도 없다. 벌거벗은 여자가 나오는 만화는 충분히 봤다. 하지만 이 여자는 아주 작고, 아이보다 별로 크지 않다. 신비로움은 이 여자의 피부에서 나온다. 빛이 나는 피부, 신비로움은 이 여자의 다리와 몸과 얼굴과 이상한 머리 모양에서, 그리고 이 여자가 그것들을 가지고 할 수 있는 수백만 가지 행동에서 나온다. 그 신비로움은 빛이 나고, 반짝이고, 온기와 냄새가 있고, 그녀가 눈으로 표정을 바꿀 때마다 달라지고, 손끝으로 무언가를 만질 때마다 달라진다. 결혼 상대가 된 남자에게 그녀는 무언가를 줄 것이다. 눈을 감으면 그게 무엇일지 상상할 수 있다. 여자아이들에게서 느끼는, 여자아이들 몸에 손가락을 갖다 댔을 때 느끼는 그런 느낌이 아니다. 이 여자는 신랑에게 비밀을 줄 것이고, 그 비밀은 신부 그 자체이다. 군인들은 모든 신부가 똑같다는 것을 알고 있다. 잔뜩 치장하고, 결혼 첫날밤에 커다란 침대에서 남자들에게 비밀을 내어주는 여자들. 문제는, 각각의 비밀은 비밀이어서 아무도 눈을 뜬 채로 그것을 짐작할 수는 없다는 것이다. 그렇게 계속된다. 그녀의 모든 것이 비밀이고, 그 비밀은 달콤하고 따뜻하다. 둘 사이에 스치는 것은 아무것도 없고, 아무것도 둘을 갈라놓지 못하고, 그 밑에 있는 모든 것들이 도와준다. 오렌지 꽃잎처럼 순수한, 신부의 비밀에서는 사탕 맛이 난다. 풀어헤친 웨딩드레스 밑에 있는 그 나무에서, 작은 새들은 무슨 이야기를 하고 있는 걸까?

이름이 뭐니? 니농이 묻는다.

치코.

웨딩케이크 안 먹을 거니? 치코?

하루 중 가장 더운 시간이다. 제방 위 양귀비꽃에 앉은 나비들의 날갯짓 속도도 느려진 것 같다. 수박 장수 스코토는 차에 가서 아이스티가 든 병을 가지고 온다. 지노는 호스를 찾아와 빨간색 플라스틱 욕조에 시원한 물을 채운다. 아이들 몇몇은 벌써 욕조에 머리를 담갔다가, 고개를 휘저으며 물을 털어낸다.

집 안으로 들어가는 동안 니농의 치마가 젖고, 스타킹의 레이스 구멍 사이로 물이 스미면서 시원한 기운이 전해진다.

전날 밤 자신이 묵었던 침실에서, 그녀는 아버지가 사다 준 사바 향수를 목 뒤에 조금 찍어 바른다. 오늘 밤 어디에서 잠을 잘지 그녀는 모르고 있다. 지노는 비밀이라고 했다. 어쩌면 잠을 잘 필요가 없을지도 모르지만….

즈데나가 딸을 뒤따라 집 안으로 들어온다.

십 분만 누워 있어, 아가. 방으로 들어온 즈데나가 말한다. 피곤할 테니.

187

경적 소리예요! 밴드가 왔나 봐. 니농이 콧노래를 부른다. 「지난 금요일 때문에 월요일까지 미칠 것 같았지」. 지노처럼 못 말리는 사람들이에요. 월요일까지 미칠 것 같았지….

너무 무리하지 말고, 즈데나가 말한다. 밤새도록 즐겨야 하니까, 애야. 십 분만 누워 있어.

무리라뇨, 오늘은 전혀 지치지 않아요. 오늘은 엄마가 평생 즐겼던 것보다 더 많이 즐길 수 있을 것 같아요.

그 말은 맞다.

엄마는 결혼은 한 번도 안 했죠? 그렇죠? 떠났다가 돌아왔을 때도. 언젠가는 할지도 모르잖아요, 엄마. 그럴 수 있게 기도할게요. 어깨가 넓은 열정적인 남자, 엄마가 모르고 있는 어떤 남자가 나타나서…. 그럼 엄마는 딸 니농과, 이 집에서 열린 결혼식과, 과수원의 결혼 피로연에 대해 이야기할 거예요.

즈데나는 눈가에 눈물이 맺히는 것을 참을 수 없다.

아빠가 사 온 향수를 살짝 발라 봐요. 니농이 향수병을 엄마에게 내민다. 이름이 '사바'래요. 니농은 살아 있다, 그건 분명히 알 수 있다. 그날 아침, 니농은 결혼했다, 그것 역시 분명히 알 수 있다. 니농이 지쳤다는 이야기는 하지 마시길.

트럭 한 대가 광장의 플라타너스 옆에 멈출 것이다. 머리가 길고 소매에 술 장식이 달린 셔츠 차림의 다섯 남자가 내릴 것이다. 남자들은 너무 지쳐서 걷지도 말하지도 못할 것처럼 보인다. 둘은 트럭에 기대고, 한 명은 버스정류장 옆의 벤치에 눕고, 나머지 둘은 하늘을 올려다본다. 이들은 자신들의 음악이 연주되기 전에는 이 따분한 광장에 오기로 약속한 이유를 떠올리지 못할지도 모른다.

오래전, 로마의 집정관이 속을 파낸 플라타너스 둥치 안에 열여덟 명의 손님들을 불러서 저녁 파티를 열었다. 그곳에는 영원히 플라타너스의 그늘이 드리웠고, 제우스는 에우로페를 유혹하기 위해 황소로 둔갑해야 했다. 지금 내가 이야기하는 고리노 광장의 플라타너스는 겨우 몇십 년밖에 되지 않은 나무다.

밴드 멤버들이 전선을 풀고, 전원을 연결한다. 멤버 중 한 명이 나무 위로 올라간다. 음악가들은, 이야기꾼과 마찬가지로, 군중을 찾고, 무대를 설치하고, 공연하고, 그렇게 계속한다. 차이라면, 음악가들이 전하는 것은, 아무도 가방 안에 담을 수 없다는 점이다. 그것은 공기 속에 있다. 하지만 그것이 거기 있으려면, 전자 기기를 정확히 맞춰야 할 필요가 있다. 볼륨, 위치, 마이크 등, 이 모든 것을 세심하게 점검해야 한다. 그날 저녁 다섯 남자는 마치 다른 누군가를 위해 일할 때처럼, 느릿느릿하게 일상적인 점검을 하고 있다. 아마 자신들은 그다지 의지하지 않는 신들을 위한 일인 것처럼.

멀리 가지 마! 가수가 불평한다. 그러면 다음 장비는 바다에 뗏목 띄우고 얹어야 해. 그는 왼손 손가락 마디에 멍이 들었고, 여기저기 살갗도 벗겨져 있다. 그가 콧소리를 내며 마이크를 테스트한다.

물고기도 소리를 들을 수 있을까? 기타리스트가 묻는다. 그는 근시가 있어서 알이 두꺼운 안경을 썼다. 아냐, 물고기는 못 들을 것 같아, 그가 자신이 던진 질문에 대답한다. 그런 다음 기타를 퉁겨 보고는 음향 장비를 설치하고 있는 트럭 기사를 확인하듯 쳐다본다.

"포 강이 음음음, 바다로 흘러가는 곳에서 슈슈슈," 지난밤에 주먹다짐을 벌였던 가수는 그렇게 흥얼거리고는, 마이크 높이를 조절한다.

"세상 끝이라네," 베이스가 재밌다는 듯 말한다. 멤버들 중 유일하게 재킷을 입고 있다.

지옥이지! 가수가 베이스를 돌아보며 외친다. 지노가 여기 가족이 있대. 지노랑 나랑 학교를 같이 다녔는데, 그 친구를 위해서라면 카트만두까지 가서라도 공연을 해야지. 여기가 고리노야, 맞지?

니농이 광장을 가로질러 다섯 남자를 향해 다가온다. 광장 바닥 여기저기에 모래가 날아와 쌓여 있고, 갈라지거나 꺼진 틈 사이로 풀이 자란 곳도 있지만, 그녀는 타일이 깔린 자신의 궁전 뒤뜰을 지나듯 그들을 향해 걸어온다. 너무나 침착한 태도라서 누구도 그녀를 판단할 수 없다.

이렇게 와 주셔서 고마워요, 그녀가 말한다.

니농은 드러머 팻츠를 똑바로 쳐다보고 있다. 드러머는 놀랄 만큼 말랐는데, 그 점이 종종 타악기와 잘 어울리기도 한다. 타악기 연주를 잘하려면 늘 침묵에 귀를 기울여야 한다. 침묵이 저절로 갈라지면서 리듬이 생기고, 마침내 느낄 수 있을 만큼의 리듬으로 변하는 과정을 잘 들어야 하는 것이다. 그것이 가능한 이유는 시간이란 하나의 흐름이 아니라, 진동들의 연속이기 때문이다. 그 침묵에 귀를 기울이다 보면, 종종 남자의 몸이 야위어 가는 경우가 있다.

다른 멤버들이 대답하기도 전에, 드러머는 스틱을 들고 탐탐을 두드린다.

북 위를 달리는 그의 리듬(마치 어린아이가 짧은 다리로 복도를 빠른 속도로 지나가는 것 같다) 덕분에 니농은 어릴 때 생각했던 집을 떠올린다. 집 안의 모든 창문에서 바다를 볼 수 있는 그런 집. 달리기는 끝없이 계속된다.

드러머가 심벌즈를 끝으로 연주를 마치고 그 여운까지 완전히 사라지자, 교회 뒤 풀밭에서 매미 울음소리가 다시 들린다. 니농이 말한다. 와서 여러분의 친구 지노를 만나 보세요, 제 남편이에요.

190

드러머 팻츠가 두 단어를 덧붙인다. 오늘밤 별들이….

지노와 니농이 가장 먼저 춤을 출 것이다. 신부가 춤출 거예요, 그녀가 그에게 말한다. 신랑도 함께할까요? 두 사람은 모두가 보고 기억할 수 있게 단둘이 춤을 춘다.

곧 다른 커플들이 합류한다. 음악 소리가 크고, 마을 사람들이 광장으로 나온다. 웨이터들은 와인을 따라 준다. 페데리코는 잔디밭에서 아이들과 개구리 뛰기 놀이를 한다. 해는 서쪽으로 낮아지고, 점점 더 많은 사람들이 무대 위에서 춤을 춘다. 무대라고 해도, 바닥이 평평하도록 밴드 앞에 판자를 모아 임시로 단을 만들어 놓은 것뿐이다. 판자는 코마키오 어시장에서 빌려 온 것들이다. 모여든 구경꾼들이 많고 그중에는 휠체어에 앉은 남자도 있다. 지노와 니농이 사람들 틈에 섞여 보이지 않게 되고 나서야, 비로소 음악이 두 사람에게 가까이 다가간다.

나한테 무슨 짓을 한 거야? 그녀가 그의 얼굴을 가까이 당기며 속삭인다.

신기한 것은, 음악이 흐르면 그 장소가 달라진다는 점이다. 종종 음악은 몸 안으로 들어온다. 더 이상 귀를 통해 들어오는 것이 아니라, 몸 안에 자리를 잡는다. 두 개의 몸이 춤출 때, 그 과정은 빠르게 일어난다. 그때 연주되는 음악은 춤추는 이들의 몸을 통해 들린다. 마치 녹음된 음악처럼, 백만 분의 일 초의 시차를 두고, 이미 음악이 그들의 몸 안에서 진동하는 것만 같다. 음악과 함께, 희망도 몸 안으로 들어온다. 이 모든 것을 나는 피레우스에서 알게 되었다.

고리노 광장의 무대 위에서 사람들은 밤하늘을 배경으로 춤춘다. 팻츠는 침묵 속에서 여전히 빠른 진동을 느낀다.

즈데나는 신호수의 품에 안겨 춤을 춘다. 체코의 어떤 영화배우와 닮았다는 이유로, 그녀의 친구가 될 수밖에 없었던 그였다. 장이

191

발을 옮길 때마다, 그녀의 발이 그의 옆에 있다.

기타리스트는 자신의 기타가 큰부리새처럼 밤하늘로 날아가 버리지 않게 하려는 듯이 몸을 뒤로 젖힌다.

오늘 밤에는 즈데나의 손가락도 아프지 않다. 그녀의 엉덩이와 어깨가 말없이, 그 동안 일어나지 않았던 일들까지 모두 장에게 전한다. 잠시 후 그녀는 지빠귀 이야기를 꺼내고, 새 울음소리가 나는 악기를 니농에게 줘도 될지 장에게 조언을 구할 것이다.

니농의 혈관 속으로 들어온 박자는 림프구, NK세포, 베타2 같은 수치를 거부한다. 지노를 위한 음악은 내 무릎 안에 있어, 그녀의 몸이 말한다. 내 어깨뼈 아래에, 골반 사이에, 하얀 이 하나하나 사이에, 엉덩이에, 구멍에, 가랑이 사이 곱슬곱슬하고 까만 털에, 팔 안쪽에, 식도 깊은 곳에, 허파 구석구석에, 위아래로 출렁이는 배 안에, 지노를 위한 음악이 있어. 내 손가락의 작은 뼈에, 췌장과 나를 죽이는 바이러스 안에, 우리가 할 수 없게 된 빌어먹을 모든 일들 안에, 내 눈이 묻고 있는 대답할 수 없는 질문들 안에, 거기 자기와 함께하는 음악이 있는 거야, 지노.

밴드가 연주를 멈추고 지노는 니농을 바라보며 말한다. 할 수 있잖아, 행복에 대해서는 한마디도 하지 않고, 그렇지?

그녀는 잠시 망설이다, 그에게 깊은 키스를 한다. 행복의 눈물이 그녀의 눈가에 흐른다.

영원 앞에서 뭘 하면 좋을까?

느긋하게 시간을 가지는 거지.

신발 벗고 출까?

그녀는 신발을 벗어 무대 밖으로 던진 다음, 소매를 걷어 올리고 넓게 퍼진 치마를 조심스럽게 뒤로 젖힌다. 그리고 자리를 잡고 앉아 치마 안으로 손을 넣어 흰색 레이스 스타킹을 풀어서 벗는다. 그런 다음 음악도 없이 맨발로, 코마키오 어부의 아내들이 자주 닦아서 테이블보처럼 반들반들해진 판자 위에서 춤을 춘다. 그렇게 춤을 추는 모습을 보면 니농은 신부가 아니라 부랑자 같다. 베네치아행 버스에서 대머리 남자가 예측한 대로, 마치 말을 탄 누군가가 나타나 그녀를 데려갈 것만 같다.

마렐라와 렐라가 스파클링 와인을 더 가지고 나온다. 밴드의 가수가 수건으로 머리를 닦는다. 기타리스트는 오른손이 괜찮은지 확인한다. 줄을 튕기는 손가락에 피가 묻어 있다. 드러머는 혼자 동쪽의 제방을 따라 걷고 있다. 별이 나왔다. 단테가 말했다. 이 깊은 무한함 속에서, 나는 모든 우주의 잎들이, 사랑으로 하나가 되어 있는 것을 본다.

니농은 아버지를 찾아 입을 맞춘다. 아버지와 함께 있으면, 그렇게 아버지와 함께 있을 때만 다시 소녀가 될 수 있는 것처럼.

아빠, 내일은 제가 결혼하고 첫번째 날이에요, 오토바이 태워 주실래요?

헬멧을 하나 더 사 두마.

빨리?

빨리 달리자, 네가 원한다면.

아빠랑 타면 절대 무섭지 않아요.

더 많은 마을 주민들이 무대 위에 오른다. 밴드가 다시 연주를 시작한다. 나이 든 여성들이 다시 한번 몸 안에서 음악을 느끼기 위해 짝을 맞춰 춤춘다. 음악은(렘베티카 연주자들은 모두 알고 있다) 상실 앞에서 울부짖는 것으로 시작한다. 상실은 곧 기도가 되고, 기도에 담긴 희망에서 노래가 시작되지만, 그 노래는 자신의 출발점을 절대 잊을 수 없다. 그 안에서는, 희망과 상실이 짝이 된다.

왜 저렇게 큰 소리로 연주하는 거야? 티 한 점 없는 흰색 조끼를 입고, 어깨에는 독수리 문신이 있는 어부가 말한다. 우리가 젊었을 때는 아코디언에 맞춰 춤을 췄지. 그걸로 충분했다고. 요즘 젊은이들은 모두 귀가 먹어 버릴 거야. 세상에, 저 여자 춤추는 것 좀 봐!

음악을 크게 연주하는 건, 세상의 소음이 듣기 싫어서 그런 거야. 옆에 있던 휠체어 탄 남자가 말한다. 그게 진실이야.

뭐라고? 어부가 묻는다.

귀가 먹은 건 너라고!

저 여자 좀 봐!

다리가 불편한 남자는 휠체어를 돌려 자신의 처남이기도 한 앙숙을 쳐다본다. 오늘 저 친구들은 세상의 소음을 막아야만 하는 거라고! 그가 다시 말한다. 볼륨을 키워서 그 소음을 차단해야 한다고. 그는 휠체어를 다시 돌리고 춤추는 사람들을 넋을 잃고 바라본다. 그렇게 해야만 자신들이 하고 싶은 말을 할 수 있으니까. 우리가 젊었을 때는 그런 소음이 없었지. 뭘 차단할 필요도 없었고 말이야. 그때는 세상이 고요했어, 그렇지 않아? 여기도 아주 고요했지.

세상에, 저 여자가 신부지, 맞지?

사랑에 빠진 거야! 휠체어 탄 남자가 마치 노래라도 부를 것처럼 말한다. 사랑에 빠졌지, 라이몬도.

꼭 무슨 창녀 같네, 쌍년!

니농은 지노의 허리에 팔을 두르고 손가락을 그의 벨트 아래에 넣은 채 맨발로 춤추고 있다. 그녀의 땋은 머리가 두 사람만의 놀이라도 된 것처럼 제멋대로 빙빙 돌며 흔들리고 있다.

지노가 장에 나가고 나서 처음으로 폐렴 때문에 통증을 느낄 때, 니농은 하느님께 기도를 할 것이다. 세상은 사악하잖아요.(그걸 못 알아보는 사람은 없을 거예요.) 세상은 사악해요. 그리고 그리스도는 그 세상의 구원이죠. 그녀의 영혼은 소리 없이 기도할 것이다.

과거도 미래도 아닌, 지금의 구원이잖아요. 우주보다 더 큰 어떤 공간, 우리 모두가 눈을 감고 만들어내는 그 공간에서는, 살아 있는 사람들 모두와, 과거에 살았던 사람들, 앞으로 살게 될 사람들이 모두 그 어두운 곳에서, 우주보다 더 큰 공간을 채우고 있어요. 거기서, 그리스도는 죽고 구원하죠. 몸에 닿는 공기마저 모두 아파요. 아직 이른 시간이에요. 차들이 출발하고 있네요. 지노는 네시에 올 거예요.

드러머는 앉은 자리에서 계속 별자리를 만들어낸다. 손님들은 이런 결혼식은 처음이라며 서로에게 이야기한다. 니농이 팔을 뻗어 지노의 머리를 쓰다듬는다. 두 사람 모두 발끝으로 서 있다.

지노는 어부의 처남이 타고 있는 것과 같은 휠체어를 밀게 될 것이다. 그녀가 걸을 수 없을 만큼 다리 힘이 빠졌을 때, 페데리코는 휠체어에 부착할 수 있는 받침대를 만들어서 니농이 앉은 채로 식사를 할 수 있게 할 것이다.

이제 그녀는 지노의 볼을 스치듯 만지고는, 그를 위해 홀로 춤춘다. 바람을 맞으며 나는 한 마리 새처럼, 그녀는 몸을 돌렸다가 같은 자리로 돌아오고, 다시 돌아오고, 다시 돌아오고, 그러는 내내 손은 공기의 리듬을 당기듯 움직인다.

어느 날 밤 그녀가 말할 것이다. 난 죽을 거야.

나도 마찬가지야, 지노가 대답할 것이다.

나처럼 일찍은 아니겠지. 나는 인생에서 아무것도 이룬 게 없어.

많은 사람을 행복하게 해 줬잖아.

마시고 싶어, 지노.

오렌지 주스?

아니. 진! 병째로!

밴드가 「지난 금요일 때문에 월요일까지 미칠 것 같았지」를 연주한다. 니농은 지노의 품에 안겨 있다. 슬픈 곡조에 담긴 아픔은, 수 세기 동안 이어 온 억누를 수 없었던 희망을 마음으로 전한다.

이탈리아의 어느 마을에 있는 시장에서, 아이 엄마가 유모차를 밀고 정육점에 가는 길이다. 그녀의 다리는 아직 햇볕에 타지 않았 다. 마렐라를 만난 아이 엄마가 아는 척을 하고, 마렐라는 유모차 안을 들여다본다. 유모차의 덮개는 열려 있고, 아이의 눈에 햇빛이 비치지 않도록 웨딩드레스에서 떼어낸 레이스를 달아 놓았다. 마렐 라는 입으로 쭈쭈 소리를 내며 아이에게 미소를 지어 보인다. 지노 랑 똑같이 생겼네, 그렇지 않아? 이것이, 절대로 일어나지 않을 이 상황이, 그녀가 결혼식에서 거기에 맞춰 춤추는 음악 안에 담겨 있 다.

시간이 진동이 될 때, 음악이 그렇게 만들 때, 영원은 진동들 사 이의 침묵 안에 담긴다.

그녀는 병원 정원의 그늘에 놓인 안락의자에 누워 있고, 체리처 럼 빨간 색깔의 벨벳 모자를 쓴 그녀의 친구 필리포가 조금은 짜증 이 섞인 눈으로 그녀를 바라보며 말할 것이다. 제일 힘든 건 죽지도 못한다는 거야. 제일 힘든 건 우리가 늙어 가고 있다는 거야. 나는 걸을 때도 노인 같고, 계단을 오를 때도 노인 같고, 아파서 배를 움 켜쥘 때도 노인 같아. 눈을 감고 내가 하는 이야기를 들어 봐, 니농. 팔십 노인이 더듬더듬 말을 하고 있는 것 같잖아. 봄이 지나고 가을 이 되는 사이에 우리는 오십 년을 늙는 거야. 그게 제일 힘든 거고, 그게 이 작은 질병 부대가 하는 일이지. 하나하나가 아주 무자비하 게 말이야. 우리 같은 환자들을 발견하기 전에는, 니농, 이 질병은 규칙적이고, 획일적인 병이야. 거의 순진하다고나 할까. 환자를 만 나고 나면 요동치면서 학살을 시작하지. 필리포는 그녀를 바라볼 것이다. 그의 손이 떨리고, 눈빛은 부드럽다. 병이 우리를 공격하는 게 아니야. 우리를 미워하는 거야, 니농. 이 병은 (에이즈의 경우에는) 스스로를 지킬 수 없어. 자기들끼리 이야기를 하지, 쓰레기들이야, 이 병은. 필리포는 체리색 모자를 벗었다가 조금 더 근사한 모양으로 다시 쓸 것이다. 우리는 그렇게 끔찍하게 나이를 먹는 거지. 하지만 그것만 빼면 나머지는 걱정하지 마, 자기야. 다 괜찮아. 나머지 부분은, 필리포는 슬픈 어조로 말한다, 우리는 순수한 빛이야.

니농의 전면(前面)이, 볼에서 발가락까지, 지노의 전면에 밀착하고, 그의 다리를 움직이는 건 그녀가 된다. 그녀는 손을 아래로 곧게 내리고 있다.

그녀는 매일 아침 자신의 머리를 빗어 보려고 애쓰고, 손목시계를 채워 달라고 부탁할 것이다. 모르핀에 의지하면서, 눈을 감은 채, 두려움을 몰아내기 위해 그녀의 몸을 쓸어 주는 그의 손길을 피부로 느낄 것이다. 그의 손은 사랑받던 그녀의 몸 뼈마디에 남은 온기를 느낄 것이다. 그 온기만은 계속 남을 것이다. 그녀의 몸무게는 십칠 킬로그램이고, 그녀는, 푹 꺼진 짙은 안구에 긴 속눈썹은 그대로인 눈으로 그를 그윽하게 바라볼 것이다.

폭포 같은 음악 소리 안에서 모든 것이 천천히 돌아가고, 가수는, 어젯밤 주먹다짐을 벌였던 그 가수는 절규한다. "…월요일까지 미칠 것 같았지."

장어 춤 추자, 지노, 장어처럼 춤추는 거야! 바위와 바위 사이를 넘어 다니고, 벌판에 내려서 제방을 따라 가는 거야. 우리 친구들이 파업을 벌이고 있는 기차역 계단을 스케이트보드를 타고 내려가고, 힙합을 들으며 트럭에 올라타서 전속력으로 침대로 돌진하는 거야. 시장 뒤의 카페를 차지하고, 피라미드를 오르고, 내 품 안에 달콤함을 품고, 우리 결혼식에 참석한 죽은 군인들과 함께 기차 안에서 춤을 추고, 우리를 알고 싶어 하지 않는 사무실의 복도를 질주하고,

바다와 하늘 사이를 날아 내 입을 가로지르는 거야. 그 입으로 말하지, 나는 할 거라고. 이 남자와 춤추기로 했다고. 함께 쪼그리고 앉아서 허벅지로 계단을 만들고, 그 계단을 밟고 올라가 자기는 주방의 전구를 가는 거야. 손님이 모두 떠날 때까지 춤추는 거야. 다시 장어 춤 추자, 영원히, 영원히, 지노.

그녀는 더 이상 말을 할 수 없게 될 것이다. 그녀의 말라 버린 입에 물이라도 몇 방울 넣어 주기 위해, 그는 주사기를 사용해야만 할 것이다. 기력이 떨어진 그녀는 몸을 전혀 움직일 수 없을 테고, 겨우 눈빛으로만 그에게 묻고, 혀끝으로 떨어지는 물방울만 맛볼 수 있을 것이다. 그는 그녀 옆에 누울 것이다. 그리고 어느 날 오후, 그녀는 간신히 힘을 내어 손을 허공에 들어 올릴 것이다. 그가 그 손을 잡을 것이다. 거북이 반지가 그녀의 넷째 손가락에 있을 것이다. 그렇게 두 손이 허공에 떠 있을 것이다. 거북이는 바깥을 향해, 멀어지는 중이다. 그리고 그의 눈은 그녀를 따라 영원 속으로 향할 것이다.

밴드가 짐을 싸고 있다. 한두 커플은 아직 머릿속에 남아 있는 음악에 맞춰 춤을 춘다. 니농이 지노 앞에 선다. 조금 전 그는 그녀를 품에 앉았고, 그때 발기했다. 그녀의 웨딩드레스는 전투 후의 깃발처럼 지저분하다. 피부는 땀에 젖었고, 발바닥이 새카맣다. 그녀는 머리에서 물기를 털어내듯, 고갯짓을 한다. 땋아 내린 머리 가닥들이 미친 듯이 흔들린다. 고갯짓을 멈춘다. 가닥들은 출렁임을 멈추고 가볍게 흔들린다. 지금이야, 그녀가 말한다. 지금이 자기가 첫번째 가닥을 풀 때야….

심장이 새겨진 타마로는 충분하지 않았다. 신호수가 "전부 다요"라고 말했을 때, 나는 그게 무슨 뜻인지 알았다.(혹은 알았다고 생각했다.) 또 다른 타마가 필요했다. 이번에는 양철이 아니라 목소리들로 만든 타마. 그 타마가 여기 있다. 여러분이 기도할 때 이 타마를 촛불 옆에 두시기를….

존 버거(John Berger, 1926-2017)는 미술비평가, 사진이론가, 소설가, 다큐멘터리 작가, 사회비평가로 널리 알려져 있다. 처음 미술평론으로 시작해 점차 관심과 활동 영역을 넓혀 예술과 인문, 사회 전반에 걸쳐 깊고 명쾌한 관점을 제시했다. 중년 이후 프랑스 동부의 알프스 산록에 위치한 시골 농촌 마을로 옮겨 가 살면서 생을 마감할 때까지 농사일과 글쓰기를 함께했다. 주요 저서로『다른 방식으로 보기』『제7의 인간』『행운아』『그리고 사진처럼 덧없는 우리들의 얼굴, 내 가슴』『벤투의 스케치북』『우리가 아는 모든 언어』 등이 있고, 소설로『우리 시대의 화가』『G』, 삼부작 '그들의 노동에'『끈질긴 땅』『한때 유로파에서』『라일락과 깃발』,『킹』『여기, 우리가 만나는 곳』『A가 X에게』 등이 있다.

김현우(金玄佑)는 1974년생으로, 연세대학교 영어영문학과를 졸업하고 동대학원 비교문학과 석사과정을 수료했다. 역서로『스티븐 킹 단편집』『행운아』『고딕의 영상시인 팀 버튼』『G』『로라, 시티』『알링턴파크 여자들의 어느 완벽한 하루』『A가 X에게』『벤투의 스케치북』『돈 혹은 한 남자의 자살 노트』『브래드쇼 가족 변주곡』『그레이트 하우스』『우리의 낯선 시간들에 대한 진실』『킹』『사진의 이해』『우리가 아는 모든 언어』『초상들』, 삼부작 '그들의 노동에'『끈질긴 땅』『한때 유로파에서』『라일락과 깃발』 등이 있다.

결혼식 가는 길

존 버거 소설 | 김현우 옮김

초판1쇄 발행일 2020년 9월 25일
초판3쇄 발행일 2023년 7월 10일
발행인 李起雄 발행처 悅話堂
경기도 파주시 광인사길 25 파주출판도시
전화 031-955-7000 팩스 031-955-7010
www.youlhwadang.co.kr yhdp@youlhwadang.co.kr
등록번호 제10-74호 등록일자 1971년 7월 2일
편집 이수정 신귀영 장한올 디자인 박소영
인쇄 제책 (주)상지사피앤비

ISBN 978-89-301-0688-7   03840